DIANA SOLA

VOR, WÄHREND UND NACH DIR

novum ✦ pro

Dieses Buch ist auch als
e-book
erhältlich.

Bibliografische Information
der Deutschen Nationalbibliothek:

Die Deutsche Nationalbibliothek
verzeichnet diese Publikation in
der Deutschen Nationalbibliografie.
Detaillierte bibliografische Daten
sind im Internet über
http://www.d-nb.de abrufbar.

Gedruckt in der Europäischen Union
auf umweltfreundlichem, chlor- und
säurefrei gebleichtem Papier.

© 2024 novum Verlag

ISBN 978-3-99146-955-1
Lektorat: Klaus Buschmann
Umschlagfoto:
Romolo Tavani I Dreamstime.com
Umschlaggestaltung, Layout & Satz:
novum Verlag

www.novumverlag.com

Druckprodukt mit finanziellem
Klimabeitrag
ClimatePartner.com/16547-2311-1001

Für meine Tante, die immer meine Heldin war,
wenn meine Eltern mal nicht da sein konnten.

INHALTSVERZEICHNIS

KAPITEL EINS 11

KAPITEL ZWEI 24

KAPITEL DREI 35

KAPITEL VIER 39

KAPITEL FÜNF 43

KAPITEL SECHS 48

KAPITEL SIEBEN 54

KAPITEL ACHT 57

KAPITEL NEUN 63

KAPITEL ZEHN 68

KAPITEL ELF 72

KAPITEL ZWÖLF 79

KAPITEL DREIZEHN 85

KAPITEL VIERZEHN 91

KAPITEL FÜNFZEHN 96

KAPITEL SECHZEHN 102

KAPITEL SIEBZEHN 108

KAPITEL ACHTZEHN 116

KAPITEL NEUNZEHN 122

KAPITEL ZWANZIG 131

KAPITEL EINUNDZWANZIG 139

KAPITEL ZWEIUNDZWANZIG 142

KAPITEL DREIUNDZWANZIG 148

KAPITEL VIERUNDZWANZIG 153

KAPITEL FÜNFUNDZWANZIG 159

KAPITEL SECHSUNDZWANZIG 165

KAPITEL SIEBENUNDZWANZIG 169

KAPITEL ACHTUNDZWANZIG 173

EPILOG 176

Liebe Moony,

bevor du anfängst, die Geschichte meines Lebens zu lesen, wollte ich dich wissen lassen, dass ich dich immer lieben werde und bei dir bin, egal was passiert.

Wir sprachen nie wirklich darüber, was vor der Nacht geschah, in der wir uns zum ersten Mal trafen. Ich kann dir nicht sagen, warum wir das nie taten, denn es wäre für uns beide so viel einfacher gewesen, aber es erschien mir unnötig, über eine Zeit zu sprechen, in der du nicht in meinem Leben vorkamst.

Als du in mein Leben tratst, war es vollständig, und ich war nie so glücklich wie in deiner Gegenwart.

Ich denke, es ist jetzt an der Zeit, dir meine Geschichte zu erzählen.

Hoffentlich gefällt sie dir und du verstehst mich.

KAPITEL EINS

Wie jedes Leben begann auch dieses an dem Tag, an dem ich geboren wurde, am 27. August, in einem Ort in Italien in der Toskana.

Als mein Leben gerade begonnen hatte, endete ein anderes.

Meine wunderbare Mutter, Angela Caslano, verstarb nur wenige Stunden nach meiner Geburt.

Sie war an einer schweren Form von Leukämie erkrankt, und im Laufe der Schwangerschaft verschlimmerte sich ihr Zustand immer mehr. Die Ärzte hatten ihr geraten, das Baby abzutreiben, damit sie die Chemotherapie fortsetzen konnte, um ihr Leben zu retten. Aber anstatt sich selbst zu retten, rettete sie mich. Für mich ist sie eine Superheldin ohne Umhang, eine starke Frau, die das Leben eines anderen über ihr eigenes stellte.

Wie du weißt, lernte ich sie nie kennen, außer in diesen drei Stunden, in denen sie mich in ihren Armen hielt, bevor sie verstarb. Aber ich weiß, dass, wenn jemand die Welt retten könnte, sie dieser Jemand gewesen wäre.

Abgesehen davon habe ich einen Vater, der Oliver Caslano heißt. Er ist ein sehr erfolgreicher Mann mit einer riesigen Menge Geld, das er durch seine Arbeit angehäuft hat.

Dunkelbraune Haare, grüne Augen und ein muskulöser Körperbau: Alle Frauen verlieben sich sofort in ihn. Jeder, der ihm zum ersten Mal begegnet, hält ihn für einen charmanten und gutaussehenden Mann, dazu noch einen armen Witwer, der mit seiner Tochter allein gelassen wurde, aber ich, und nur ich, kann sagen, dass er das alles nicht war.

Oliver hasst mich seit dem Tag, an dem ich geboren wurde. Er sagt, dass ich der Grund dafür bin, dass die Liebe seines Lebens gestorben ist, und wenn er einen Wunsch frei hätte, dann wäre es meine Abtreibung gewesen, die nicht stattgefunden hat. So kam ich auch zu meinem Namen Morana, was Tod bedeutet.

Die Menschen, vor allem meine Familie, wollten mir nicht glauben, als ich ihnen erzählte, was mein Vater mir als Kind angetan hat.

Er war ein sehr mächtiger und manipulativer Mann, was für mich als Fünfjährige nicht leicht zu verkraften war, als er mich ohne Essen zu Hause ließ, allein, ohne Licht, wenn es dunkel wurde.

Die Hälfte seiner Zeit verbrachte er bei der Arbeit, um sein Geld zu verdienen, das direkt in Drogen aller Art floss. Die andere Hälfte der Zeit war er bis spät in die Nacht in Bars unterwegs und trank, bis er nicht mehr in der Lage war, gerade nach Hause gehen zu können und seine Tochter ins Bett zu bringen. Das Einzige, was mein Vater mir beigebracht hat, war die Telefonnummer unseres Nachbarn Pete, meines einzigen Freundes damals, der anstelle meines Vaters, der oft für mehrere Tage nicht nach Hause kam, für mich da war. Er gab mir die Nummer nicht, damit ich jemanden hatte, der sich um mich kümmerte und mir etwas zu essen gab, weil er es nicht konnte, er gab sie mir, damit Pete ihn zu seiner Arbeit fahren konnte, nachdem er am nächsten Morgen auf der Straße gelegen hatte und deshalb nicht zu spät kam und gefeuert wurde.

Ich erinnere mich an viele Dinge hinsichtlich Pete. Er war ein Drogendealer und gab meinem Vater das Zeug, das er wollte und brauchte.

Ich kann ihm im Nachhinein nicht einmal vorwerfen, dass er mir nicht geholfen hatte, obwohl er der Einzige war, der wusste, wie schlecht mein Vater war.

Pete ist nicht so schlimm wie Oliver, ganz und gar nicht. Er brachte mir viel über das Zeug bei, das er verkaufte, und was es mit deinem Körper macht und so, ich mochte ihn sehr. Ich bin mir nicht sicher, ob er heute noch lebt oder nicht, denn ich hörte schon lange nichts mehr von ihm. Ich hoffe nur, dass er endlich mit seiner Felicia zusammen ist, einer Frau, von der er immer sprach, wenn Drogen und Sucht nicht das Thema unserer Unterhaltungen waren. Ich fand nie herausgefunden, wer sie war, weil er nie eine Frau oder irgendwelche Freundinnen in seiner Wohnung hatte, aber er sprach von ihr, als wäre sie der beste Mensch auf Erden. Und jedes Mal, wenn er ihren Namen sagte, hatte er dieses Funkeln in seinen Augen.

Ich glaube immer noch, dass ich an Pete am liebsten mochte, dass er mich nie verletzte, weder geistig noch körperlich. Meistens war er sogar sehr lustig, aber nie auf eine nüchtern-komische Art.

Er erzählte immer ein paar flache Witze, um mich zum Lachen zu bringen, die heute zu meinen liebsten Kindheitserinnerungen gehören.

Also, Moony, wenn ich dir jemals einen schlechten Witz erzählt habe, dann war er wahrscheinlich einer von seinen.

Wenn mein Vater zu Hause war, was selten der Fall war, wurde er schon bei den kleinsten Dingen aggressiv und ließ seine Wut an mir aus.

„Ohne dich hier wäre mein Leben so perfekt, Morana. Ich hasse dich für alles, was du mir angetan hast, und vor allem, weil du meiner Frau und mir das Leben genommen hast, du kleine Scheißhure." Ja, ich war fünf Jahre alt und wurde von meinem eigenen Vater als Hure bezeichnet. Um ehrlich zu sein und obwohl ich damals nicht einmal wusste, was das bedeutete, weinte ich trotzdem.

Das Schlimmste daran war, dass ich genau wie meine Mutter aussah. Nicht, dass ich nicht wie sie aussehen wollte, denn sie war wunderschön gewesen, aber das machte alles noch schlimmer und gab meinem Vater einen weiteren Grund, seine Wut an mir auszulassen. Ich hatte ihr hellblondes Haar, eine blasse Haut und mein Gesicht war mit Sommersprossen übersät, die sogar im Winter sichtbar waren.

Ich hasste es, wie ich aussah, denn wenn ich wie Oliver ausgesehen hätte und ein Junge gewesen wäre, hätten wir vielleicht eine normale Beziehung führen können. Das sagte er mir zumindest jeden Tag.

Wie du siehst, war er kein großer Feminist.

Man sagt mir, dass er sich, als er meine Mutter kennenlernte, um sie kümmerte, als wäre sie ein kostbarer Diamant gewesen. „Ein gefallener Engel mit einem Herz aus Gold", soll er sie genannt haben.

Ich glaube ihnen nicht wirklich, und ich kann nicht sagen, ob er meine Mutter wirklich geliebt hat. Ich meine, die Art, wie er mich behandelt, und die Art, wie er andere Menschen behandelt, sind zwei verschiedene Welten. Deshalb macht mich der Gedanke, dass er meine Mutter so behandelt haben könnte, wie er mich jetzt behandelt, krank. Niemand wird je erfahren, ob Oliver Angela damals missbraucht hat, denn dieser Mann hat so viel Macht und kann sein wahres Gesicht im Handumdrehen ändern. Jedes Mal, wenn ich mir alte Fotos von ihnen ansehe, sehe ich meine Mutter mit blauen Flecken, und auf einem Bild kann man sogar sehen, wie ihre Lippe blutet. Wenn es stimmt, dass er sie so behandelte, wie er mich behandelt hat, kann ich es ihr nicht verübeln, dass sie lieber sterben wollte, denn ich wollte dasselbe, als ich mit ihm zusammen war. Er hatte ihr bestimmt versprochen, dass sich mit mir alles ändern würde, so wie er es immer tut.

Ich hoffe nur, dass ich mich irre und er damals wirklich ein Engel war und die Verletzungen nur von ihrem Eisenmangel herrührten, der dazu führt, dass sich leicht blaue Flecken bilden, wenn man nur aus Versehen gegen etwas stößt. Ich weiß das, weil ich das auch habe, und das macht die Schläge verletzender und sichtbarer. Aber schließlich werde ich die Wahrheit nie erfahren.

Ich sprach nie mit jemandem darüber, wie missbräuchlich und traumatisierend meine Kindheit war, weil ich nicht wollte, dass die Leute Angst um mich haben oder, noch schlimmer, mir nicht glauben. Jeder einzelne Tag mit ihm fühlte sich an, als ginge man durchs Feuer. Jeder Tag war gleich. Er kam spät nach Hause, ging in Bars und prügelte danach, so wie er es nannte, die Scheiße aus mir heraus.

Jeden. Einzelnen. Tag.

Aber es gab diesen einen Tag, der für mich der traumatischste in meinem ganzen Leben war.

Es geschah an einem Samstagmorgen, es war ziemlich warm draußen für einen Frühlingstag im April. Die Nacht davor war auch bereits ein wenig seltsam. Oliver hatte einen Tag frei und war zu Hause und nicht wie sonst in Bars unterwegs, aber er trank trotzdem sein verdammtes Bier und sah dabei fern. Aber wenigstens war jemand mit mir im Haus und ich war nicht allein mit meiner Angst vor Monstern unter meinem Bett wie jedes Kind in diesem Alter.

Und, Moony, lach mich nicht aus, weil ich an Monster glaube, ich weiß, dass sie da waren und meine Limonade getrunken haben.

Jedenfalls fühlte ich mich nachts mit Oliver im Haus einigermaßen sicher, obwohl das wahrscheinlich komisch klingt.

An diesem Morgen weckte er mich früh, damit ich ihm Frühstück machen konnte, was ich für eine Fünfjährige ziemlich gut konnte, auch wenn es nur ein Toast war, der zur Hälfte mit Erdbeermarmelade und zur anderen Hälfte mit Erdnussbutter bestrichen war.

Übrigens immer noch eines meiner Lieblingsgerichte.

Es war der erste Morgen, an dem er nach ein paar Wochen wieder einiger massen nüchtern war, und auch das erste Mal seit Jahren, dass wir zusammensaßen und frühstückten, denn normalerweise war er morgens auf der Arbeit oder schlief noch in irgend einer Bar.

„Hast du dir für heute schon etwas vorgenommen?", fragte er, während er eine Augenbraue hochzog und seinen Toast noch im Mund hatte.

Natürlich antwortete ich mit Nein, ich meine, welche Pläne könnte eine Fünfjährige haben, außer mit Puppen zu spielen, die sie gar nicht hat?

„Hast du Lust, heute Abend zu einer Marketingveranstaltung in meinem Büro zu gehen? Mein Chef macht mich wahnsinnig mit all den Fragen über dich, er sagt, er glaubt mir nicht, dass ich eine Tochter habe und dass ich die ganze Zeit gelogen hätte, weil ich nie über dich gesprochen habe oder dass ich keine Bilder von dir in meinem Büro hängen habe. Lächerlich, ich meine, ich kenne niemanden, der so einen Scheiß macht, niemand tut so etwas." Doch, Dad, das tun sie, dachte ich. Alle Väter, die ihre Töchter lieben, tun das. Du liebst deine nur nicht, deshalb. „Wenn ich es ihm in den nächsten Tagen nicht beweise, lässt er mich erst um Mitternacht Feierabend machen, und du weißt ja, wie gerne Papa rausgeht und Zeit mit seinen Freunden verbringt, nicht wahr? Würdest du also gerne mit mir kommen, nur dieses eine Mal, Morana?"

Arschloch. Natürlich weiß ich, wie sehr du deine Freunde und deinen verdammten Alkohol liebst, ich war diejenige, die als Kind jeden Tag damit zu tun hatte.

Sein Chef lag gar nicht mal so falsch, Oliver war auch kein Vater, nur weil er derjenige ist, der mich gezeugt hat, heißt das nicht, dass er mein Vater ist, oder jemand ist, den man Vater nennen kann.

Ein Vater sollte sein Kind lieben und sich um das Kind kümmern, egal was passiert. Er sollte jedem in seinem Büro und auch der ganzen Welt zeigen, wie sehr er seine Tochter liebt, und sie nicht verstecken, damit niemand weiß, dass es sie überhaupt gibt, weil er von ihr enttäuscht ist und sie sogar hasst.

Ich wusste, dass mein Vater bei anderen Leuten ein ganz anderer Mensch war, deshalb liebten ihn so viele Leute. Oliver Cusano, der heiße Witwer mit mehr Charme und gutem Aussehen als Verstand.

Aber es war verrückt, dass nur seine eigene Tochter wusste, wie furchtbar dieser Mistkerl eigentlich war.

Als wir bei der kleinen Veranstaltung in seinem Büro ankamen, sagten alle meinem Vater, wie süß ich sei und wie toll er mich erzogen habe. Wenn sie nur wüssten, dass ich es war, die sich großgezogen hat, weil ich keine andere Wahl hatte, und nicht Oliver.

Es war das erste Mal, dass ich so viele Menschen gleichzeitig in einem Raum sah. Außer bei der Beerdigung meiner Mutter aber an diesen Tag kann ich mich nicht mehr erinnern, aber über meinem Kopf hing zur Erinnerung ein Bild von ihrem Grab, falls ich je vergessen sollte, wer sie getötet hat.

Ich trug meine schwarze Lieblingsjeans und ein Hello-Kitty-Shirt mit einer kleinen blauen Jacke, damit mir nicht kalt wurde, wenn es spät wurde.

„Che bella ragazza", sagten alle, als sie mich sahen.

Ich wusste nicht, was ich antworten sollte, also nickte ich nur mit dem Lächeln, das Oliver und ich geübt hatten, bevor wir hierherkamen.

Der Chef, Herr Jorgan, zeigte auf meinen Körper und wies hin wie dünn ich war. „Habe ich dir nicht genug Geld gegeben, um dein Kind zu ernähren? Sie sieht ja aus wie ein Skelett!" Ich fühlte mich sehr unwohl, weil ich wirklich seit mehr als 12 Stunden nichts mehr gegessen hatte und es nicht das erste Mal war, dass ich Hunger hatte. Aber warum um alles in der Welt würde man ein Kind als Skelett bezeichnen, selbst wenn man damit recht hätte?

„Moranas Mutter Angela war immer sehr dünn. Erinnerst du dich nicht? Das liegt an den Genen, nicht wahr, Morana?", antwortete Oliver und machte daraus eine Frage für mich. Ich nickte wie meistens, wenn mein Vater eine Lüge über mich erzählte, aber dieses Mal konnte ich mich nicht mehr zurückhalten. Wenn ich je einen dummen Satz, den ich jemals in meinem Leben ausgesprochen habe, löschen könnte, dann wäre es dieser eine. Die Worte, die ich nie vergessen würde.

„Nein, ich habe einfach nicht genug Essen zu Hause, weil ich noch nicht kochen kann und Papa nie zu Hause ist, also habe ich meistens nichts Gutes zu essen, außer meinen Lieblingskeksen in der Keksdose, wenn die Monster sie nicht auffressen. Und außerdem bin ich noch zu jung, um das Bier zu trinken, das in unserem Kühlschrank steht, das sagt zumindest Pete."

So antwortete ich auf seine Frage und wünschte, jemand hätte mir damals einfach den Mund zugeklebt. Ich weiß nicht, warum ich so dumme Dinge gesagt habe. Ich meine, es war die Wahrheit, die Realität, in der ich lebte, aber ich wusste, dass ich anderen Leuten nicht erzählen durfte, wie mein Vater und ich lebten, denn wenn ich das getan hätte, hätte Oliver mich umgebracht. Ja, Moony, das waren seine eigenen Worte. Oliver hatte Angst, seinen Job zu verlieren, wenn es jemand herausgefunden hätte, dann hätte er auch kein Geld mehr, um seine Drogen zu kaufen.

Die Leute, die vor uns saßen und zuhörten, waren plötzlich sehr still und schockiert, weil ein kleines Kind all diese Dinge sagte. Und wie das Schicksal es wollte, war eine der anderen Begleitpersonen eine Mitarbeiterin vom Jugendamt, die mit weit aufgerissenen Augen jedes meiner Worte mithört hat.

Ich konnte sehen, wie Olivers Gesicht vor Wut oder Verlegenheit rot wurde und seine Hände sich zu Fäusten ballten, von denen ich wusste, dass sie mich treffen würden, sobald wir zu Hause ankamen.

„Ha, ist es nicht komisch, wie viel Fantasie ein kleines Kind haben kann? Morana hat nur eine Phase, in der sie bei allem überreagiert. Sie ist fünf Jahre alt, sie kann noch nicht einmal ihren Namen schreiben. Also bitte, wir sind eine glückliche und von Gott gesegnete Familie, wir zwei. Also, Morana, ich möchte nicht, dass sich die Leute wegen gar nichts Sorgen machen. Sei nicht dumm, meine Liebe", sagte Oliver mit einem nervösen Lächeln, während ihm der Schweiß das Gesicht herunterlief. Was für ein verdammter Lügner er doch war, der versuchte, so schnell wie möglich aus der Situation herauszukommen. Mein Körper zitterte, weil mir klar wurde, was ich gerade getan hatte. Die Wahrheit war ausgesprochen.

„Ich glaube nicht, dass Kinder in einem so jungen Alter schon so viel Fantasie besitzen, vor allem, wenn es um Missbrauch geht. Ich glaube nicht, dass Morana über so etwas lügen würde. Herr Caslano, ich kenne meinen Job, und ich habe diese Art von Gesprächen schon mehrfach geführt", sagte die Mitarbeiterin des Jugendamts, während alle Anwesenden sie mit offenem Mund anstarrten und nichts sagten. Ihr Haar war schmutzig blond und der Haarschnitt, den sie trug, nannte sich Bob, glaube ich, und sie trug ein enges schwarzes Kleid, das sich ihrem Körper anpasste, als wäre es nur für sie geschnitten worden. Sie trug rote Stöckelschuhe, und um ehrlich zu sein, sah sie aus wie eine Chefin, die ihr ganzes Leben im Griff hat und weiß, wie die Dinge laufen, während sie mit ihrer kräftigen Stimme zu meinem Vater sprach. Ich hatte das Gefühl, dass sie versuchte, mir zu helfen, und ich dachte nur: Endlich glaubte mir jemand, auch wenn ich mir wünschte, ich hätte es nie gesagt. „Signora Bonnette, ich möchte, dass Sie sich beruhigen und etwas trinken, vielleicht würde Ihnen ein Cocktail gut tun. Ich weiß, dass Sie Ihren Job sehr ernst nehmen, aber ich denke, ich kenne mein Leben am besten und ich liebe meine Tochter. Also bitte, hören Sie auf, Gerüchte über unser Leben zu verbreiten. Sex on the Beach oder lieber einen Tequila-Shot? Oder zwei?", sagte mein Vater mit seiner charmanten Stimme, mit der er auch weiterhin versuchte, ihr das Gegenteil zu beweisen.

Moony, ich dachte wirklich, dass dies die einzige Frau war, die die Lügen meines Vaters nicht glaubte. Sie wirkte so stark und so, dass ich wirklich hoffte, sie würde ihm nicht glauben.

Aber kaum waren die Lügen aus seinem Mund gekommen, ging sie zu meinem Vater, entschuldigte sich dafür, dass sie so ein Drama daraus gemacht hatte, und fiel Oliver in die Arme, als sie zur Cocktailbar gingen. Ich war zu geschockt, um auch nur ein Wort zu sagen, während das alles passierte. Ich hatte einen Funken Hoffnung in diese Frau gesetzt, sie war die Einzige, die mir geholfen hätte oder es zumindest konnte und die Einzige, die Oliver vor all den anderen bloßstellen konnte, damit sie alle endlich sein wahres Gesicht sehen konnten und ich in ein Kinderheim gehen konnte. Aber stattdessen gingen sie an die Bar und tranken mindestens fünf Cocktails, jeder von ihnen, und natürlich zahlte der charmante Oliver. Kurz nach diesem kleinen Drama taten alle so, als wäre nichts passiert, und gingen wieder zum Tanzen oder auf ihre Gespräche über.

Die Stunden vergingen, und ich saß allein auf einem Stuhl und aß die Snacks, die auf dem Tisch standen, während alle feierten, lachten und tanzten. Ich aß in meinem Leben noch nie so viel. Es war auch der Tag, an dem ich herausfand, dass ich eine Laktoseintoleranz habe, denn nach all der Milchschokolade musste ich so schnell wie möglich auf die Toilette gehen.

Ich war auch sehr müde vom langen Sitzen auf dem Stuhl, mein Hintern schmerzte und brannte wie Feuer.

Damit ich nicht aus Versehen einschlief, meinen Hintern die nächsten Tage nicht mehr zu spüren bekam und wegen meiner Bauchkrämpfe nicht auf dem Boden liegen wollte, stand ich auf und bahnte mir einen Weg durch die tanzenden Leute, um zuerst nach meinem Vater zu suchen, den ich nicht mehr gesehen hatte, seit er mit dieser Frau, die mir einen Funken Hoffnung geschenkt hatte, an die Bar gegangen war. Moony, ich wünschte, ich wäre einfach auf meinem Stuhl sitzen geblieben. Die Krämpfe wären mir lieber gewesen.

Nachdem ich die beiden zehn Minuten lang gesucht und nicht gefunden hatte, ging ich auf die Toilette, weil ich es wirklich nicht mehr aushielt und nicht mehr die Kraft hatte, weiter nach ihnen zu suchen. Ich fragte den Kellner, wo die Toilette sei, und er zeigte mir den Weg mit seltsamen Handzeichen, er konnte kein Italienisch, aber ich glaube, er verstand das Wort „Toilette".

Als ich die Badezimmertür öffnete, was ich lieber nicht getan hätte, fand ich Oliver und die Frau. Beide waren nackt und hatten Sex. Beiden war es ziemlich peinlich, mich zu sehen, vor allem der Frau. Aber um ehrlich zu sein, war ich nicht sonderlich überrascht, ich hatte Oliver schon mehrmals zu Hause beim Sex mit einer anderen Frau gesehen, aber noch nie auf einer Party, weil ich ja auch noch nie an einer war, also war das dass einzig Neue für mich.

Ich verließ das Bad und ging stattdessen auf die Herrentoilette, was für mich auch in Ordnung war.

Kurz nachdem sie fertig waren und zur Party zurückkamen, nahm mich Oliver auf seine Schulter und sagte mir, dass wir gleich gehen würden. Es hätte süß aussehen sollen, auf seiner Schulter zu liegen, aber ich wusste, was das bedeutete: Ich bekomme Prügel, sobald wir zu Hause ankommen.

Als wir ins Auto stiegen, war das einzige Geräusch, das ich hörte, sein tiefer und wütender Atem.

Mein ganzer Körper zitterte und ich hatte Angst vor dem, was als Nächstes passieren würde. Oliver war nicht betrunken, aber auch nicht nüchtern. Er war zumindest noch fähig zu fahren. Als wir zu Hause ankamen und durch die Haustür traten, zog er seine Schuhe aus und warf sie nach mir.

„Ist dir eigentlich klar, in was für einen Schlamassel du mich gerade gebracht hast? Ist dir klar, was für ein Stück Scheiße du gerade warst? Ich hasse dich, und ich wünschte, die Abtreibung wäre nicht fehlgeschlagen, die Enttäuschung, die du bist, weil du das Gesicht deiner Mutter trägst und noch dazu so eine dumme kleine Hure, die den Leuten Gerüchte über mich erzählt, die nicht wahr sind! Ich hätte meinen Job verlieren können, wer wurde dann für dein wertloses Leben bezahlen? Morana, du hast niemanden außer mir, also solltest du besser respektvoll sein und meine Regeln befolgen, denn du willst nicht wissen, was passiert, wenn du das nicht tust", sagte er mit schriller Stimme, während seine Augen weit aufgerissen und rot geädert waren, als würden sie jeden Moment platzen. Dann ging es los.

Zuerst zog er mir die Hose aus, damit er mich noch härter schlagen konnte. Dann schlug er mindestens zwanzig Mal hintereinander auf mich ein, er hörte erst auf, als mein Zahn herausflog weil ich mein Gebiss so stark zusammenbiss und mein Mund blutverschmiert war. Er nahm seinen Gürtel ab und peitschte damit auf meine Finger. „Ich möchte, dass du dich an diesen Tag erinnerst, damit du nie wieder so einen dummen Scheiß in deinem ganzen, nutzlosen, kleinen Leben machst."

Ich weinte und schrie so laut und flehte ihn an, aufzuhören und sagte ihm, dass ich wüsste, was ich getan hatte und es nie wieder tun würde. Aber er ignorierte meine Worte, als ob ich eine andere Sprache sprechen würde. Ich versuchte,

Petes Namen zu schreien, für den Fall, dass er ein bisschen normal war und mir in diesem Moment helfen würde, aber Oliver hielt mir gleich nach dem ersten Mal, als ich seinen Namen sagte, den Mund zu.

„Hast du wirklich geglaubt, dass ein nutzloser Drogenabhängiger mich von dem abhalten würde, was ich jetzt tue? Wehe, du schreist seinen Namen, sonst verlierst du auch noch deinen kleinen Freund."

Also schwieg ich, ich hatte keinen Zweifel daran, dass Oliver ihn in dieser Nacht wirklich getötet hätte.

Tagsüber war es noch superwarm gewesen, aber nachts war es draußen immernoch eiskalt, trotzdem ließ Oliver mich, nachdem seine Wut und seine Schläge nachgelassen hatten, die ganze Nacht auf unserem Balkon schlafen. Die ganze Nacht ohne Decke oder Kissen. Ich schlief die ganze Nacht draußen, in Leggings und T-Shirt, während mein Vater wiedermal die Nacht in einer Bar mit seinen Freunden verbrachte und sich betrank. Zumindest glaube ich das, denn ich sah ihn die ganze Nacht vom Balkon aus nicht im Haus. Ich zitterte und meine Hände wurden erst blau, dann lila. Ich hatte einen Funken Hoffnung, dass Pete auf den Balkon kommen würde, um seinen Mitternachts-Joint zu rauchen, damit er mir eine Decke oder wenigstens ein Kissen bringen könnte, aber nichts geschah. Die ganze Nacht über. Irgendwie bin ich dann doch zitternd eingeschlafen, weil ich dachte, dass ich dann alles vergessen könnte und nichts mehr spüren würde. Aber was passieren musste, war, dass ich im Schlaf davon träumte, wie Oliver meine Mutter misshandelte, meine schwangere Mutter. Er sagte ihr nach jedem Schlag, dass er sich ändern würde und vor allem, wenn das Baby da ist, würde er ein anderer Mensch sein. Ich kann nicht sagen, ob es ein Zeichen war oder nicht, aber ich bete, dass es nicht so war. Bevor ich einschlief, war ich mir nicht sicher, ob ich am nächsten Morgen aufwachen würde, weil mein Körper völlig lila war. Um mich ein wenig zu beruhigen, stellte ich mir vor, ich sähe aus wie die Grinsekatze aus Alice im Wunderland. Das war mein Lieblingsfilm, weil ich hoffte, dass ich auf die gleiche Weise entkommen und in das Wunderland fallen würde wie sie, aber das passierte nie.

Ich kann sagen, dass es ein Wunder war, ein Geschenk Gottes, dass ich diese Nacht überlebte und auch am nächsten Tag nicht krank wurde. Ich war überrascht, als ich am Morgen aufwachte.

Aber diesen Tag und diese Nacht werde ich nie vergessen können. Und Moony, du kannst mir glauben, wenn ich sage, dass ich es versucht habe, sehr sogar.

KAPITEL ZWEI

In den nächsten Wochen tat Oliver weiterhin das, was er für das Beste hielt. Für ihn.

Ich wartete jeden Abend darauf, dass mein Vater nach Hause kam, hatte nichts zu essen und putzte das Haus, so gut ich konnte, aber das war natürlich nie gut genug.

Das Einzige, was sich wirklich änderte, war, dass Oliver mich körperlich nicht mehr verletzte. Er drückte keine Zigaretten mehr auf meinem Körper aus und zerbrach auch keine Bierflaschen mehr auf meinem Rücken. Ich weiß nicht wirklich, warum er damit aufgehört hat, ich stellte mir vor, dass er sich nach dieser Nacht schlecht fühlte, weil es das Schlimmste war, was er je getan hatte. Aber es war mir auch egal, ich war einfach nur froh, dass er es nicht mehr tat.

Die Wochen vergingen und es waren nur noch zwei Tage bis zu meinem sechsten Geburtstag. Es war auch das erste Mal, dass Oliver sich an meinen Geburtstag erinnerte. Meistens vergaß er ihn oder gratulierte mir entweder am Tag davor oder danach.

„Ich habe Zia Daniela und Pete gebeten, am Samstag vorbeizukommen. Ich werde eine Torte für dich bestellen, entweder Schokolade oder Erdbeere. Vanille hatten sie nicht mehr", sagte er. Was mich am meisten überraschte, war, dass er wusste, was mein Lieblingskuchen war, und auch, dass er versuchte, ihn zu bestellen, es fühlte sich an, als ob er sich tatsächlich für mich interessierte. Premiere.

Daniela ist meine Tante, Olivers Zwillingsschwester. Ich denke, sie sind das beste Beispiel dafür, dass Zwillinge überhaupt nicht gleich sind. Ich sah Daniela nicht oft, obwohl sie nur ein paar Stunden von uns entfernt wohnte. Ein weiterer Grund dafür ist, dass Oliver nie jemanden zu uns nach Hause einlud. Es war immer schmutzig, roch oft nach Gras und für Daniela, die eine Sauberkeitsfanatikerin ist, wäre unser Haus ein Albtraum gewesen.

Jedes Mal, wenn sie zu uns kam, war sie wie ein Engel für mich. Und nein, sie war nicht wie Oliver und spielte auch nichts vor. Es war ihr wahres Ich.

Sie brachte mir immer meine Lieblingssüßigkeiten mit, Zitronengummis und viel Schokolade. Wenn sie bei mir übernachtete, las sie mir immer Gutenachtgeschichten vor und gab mir viele Küsse und Umarmungen, so wie es Eltern tun würden.

Daniela hatte einen besonderen Spitznamen für mich, er lautete Käfer. Warum Käfer? Weil ich, als ich noch ein Kleinkind war, mit all den Käfern in ihrem Garten spielte und so tat, als wäre ich einer von ihnen. Traurig, aber wahr: Käfer und Spinnen waren die einzigen Freunde, die ich in meiner frühen Kindheit hatte. Und, nicht zu vergessen, Pete war mein bester Freund.

Von all den guten Dingen, die meine wunderbare Tante zu bieten hatte, gefiel mir am besten, dass Oliver sich tatsächlich wie ein guter Vater verhielt wenn sie da war. Er sagte ihr, wie froh er sei, eine so wunderbare Tochter wie mich zu haben, und wie glücklich er sei, dass er derjenige sei, der mich aufzog. Lügen, Lügen und noch mehr Lügen.

Aber natürlich glaubte Daniela ihm jedes Wort, das aus seinem Mund kam. Das Einzige, was sie ein bisschen misstrauisch machte, war, als sie meine Narben sah, vor allem, weil sie überall auf meinem Körper waren und ich sie nicht verstecken konnte. Zumindest nicht alle.

„Im Kindergarten wird viel mit Scheren gespielt, und Morana ist dort ein so aktives Kind, dass die Erzieherinnen mich anrufen müssen, um zu fragen, ob sie ADHS hat. Einmal kam sie sogar blutend nach Hause, weil sie sich mit dem Kind, das neben ihr saß, stritt. Sie ist so ein dummes Kind, nicht wahr?" Das war seine Ausrede, jedes einzelne Mal.

Die Tatsache, dass ich nicht einmal in den Kindergarten ging und auch kein ADHS hatte, war wieder nur eine seiner kranken Lügen. Noch verletzender war, dass sie ihm jedes Wort glaubte, obwohl meine Augen nach Hilfe schrien.

Am Tag vor meinem Geburtstag bereiteten Oliver und ich das Zimmer vor, in dem Daniela in dieser Nacht schlafen würde. Es war Olivers Schlafzimmer, weil er wie immer der Gentleman sein musste und seine Schwester natürlich nicht auf der Couch schlafen lassen wollte. Denn dass sie in seinem Zimmer schlief, bedeutete auch, dass Oliver und ich zusammen schliefen. In einem Zimmer. Im selben Bett.

Oliver und ich räumten auch gemeinsam auf, denn wenn wir es nicht taten, tat es Daniela.

Putzen war immer etwas, das ich sehr gerne gemacht hatte, weil es das Einzige war, was ich (laut meinem Vater) sehr gut konnte. Sogar Oliver machte mir manchmal Komplimente dafür, was selten war. Sehr selten.

Beim Putzen musste er mir wieder alle Regeln aufzählen, die ich zu befolgen hatte, wenn Leute im Haus waren.

„Du weißt, wenn du deiner verdammten Tante irgendetwas von dem erzählst, was in diesem Haus passiert, dann ist es für dich aus und vorbei. Ich habe Pete bereits gesagt, dass er kein einziges Wort über unsere besondere Beziehung verlieren darf. Wenn also ein siebenundzwanzigjähriger Junkie sein Maul halten kann, kannst du das auch. Hast du mich verstanden?"

Ich stand nur da und nickte.

„Hast du mich gehört? Ich will, dass du antwortest, wenn ich mit dir rede!" Jetzt schrie er mich an. „Ja, Papa, das habe ich", sagte ich und hielt meine Tränen zurück. Ich wollte nicht weinen, denn Daniela würde es merken, wenn ich es täte, und dann würde sie Fragen stellen, und außerdem hatte ich Angst, dann aus Versehen wieder die Wahrheit zu sagen.

Eine gute Sache war, dass die Nächte Ende August nicht so kalt waren wie die im April.

Oliver überprüfte meinen Körper mindestens fünf Mal, ob noch irgendwelche blauen Flecken zu sehen waren.

Zu denen, die man ganz offensichtlich sehen konnte, erzählte er mir eine Geschichte, die ich berichten konnte, wenn Daniela fragte, woher ich sie hatte. Es war entweder die „Ich bin ein aktives Kind im Kindergarten" oder „Die Katze des Nachbarn"-Geschichte. Beides hat immer ziemlich gut funktioniert.

Nach zwei Stunden putzen läutete es endlich an der Tür. Ich rannte die Treppe hinunter und öffnete, während ich Daniela direkt in die Arme fiel. Sie hatte immer diesen Sonnenblumenduft, den ich nie vergessen werde. „Mi bella, du bist so groß geworden. Ich kann dich nicht mehr kleiner Käfer nennen, du bist jetzt ein richtiges Mädchen", sagte sie mit dem strahlendsten Lächeln, das ein Mensch haben kann.

Ein richtiges Mädchen. Wie sehr ich es hasste, ein Mädchen genannt zu werden, weil es mich immer mehr daran erinnerte, was für eine Enttäuschung ich für Oliver war.

„Und du, du siehst sehr alt aus, Verto. Es ist zwei Jahre her, dass ich dich gesehen habe und nicht zehn, oder?", scherzte sie in Olivers Nähe.

Daniela nennt ihn immer Verto und er nennt sie Ella. Das ist eigentlich sehr niedlich.

Während sie das sagte, konnte man sehen, wie unwohl sich Oliver fühlte. Ich bin mir ziemlich sicher, wenn ich das gesagt hätte, hatte er mir bestimmt eine Ohrfeige verpasst, weil ich sein ach so tolles Aussehen beleidigt hatte. Um fair zu sein, Oliver war ja kein hässlicher Mann. Er war gut aussehend, aber es ist der Charakter, der die Leute hübsch macht. Oder, wie in seinem Fall, extrem hässlich.

Für Daniela benahm er sich immer anders als für andere Frauen. Sie hatten eine wirklich gute geschwisterliche Beziehung zueinander. Er schien eine Art Respekt vor ihr zu haben und sie wirklich zu lieben. Entweder weil sie fünf Minuten älter war als er, oder weil sie seine Schwester war. Soviel ich weiß, war Daniela seine beste Freundin, als sie noch jünger waren. Wenn du mich fragst, Moony, sahen sie buchstäblich gleich aus. Das dunkle Haar, die grünen Augen und das breite Lächeln mit den saubersten und geradesten Zähnen überhaupt, obwohl sie nie eine Zahnspange hatten. Gott sei Dank habe ich diese Zahngene von meinem Vater geerbt.

„Du kannst mir deine Sachen geben und ich bringe sie dir für heute Nacht in dein Zimmer. Wenn du etwas trinken willst, frag einfach Morana und sie bringt dir, was du brauchst. Ich habe versucht, all die Sachen zu kaufen, von denen ich wusste, dass du sie magst, bis auf diese ekelhafte Limonade mit Minzgeschmack, von der du besessen warst. Die ist mein Geld nicht wert, Ella", sagte er mit einem Lächeln im Gesicht. Er klang so nett und humorvoll, wenn er mit ihr sprach, es war, als wäre er ein anderer Mensch.

„Aber der Alkohol schon?", antwortete sie.

Ich hielt mir schon die Ohren zu, weil ich erwartete, dass Oliver sie anschreien und schlagen würde. Niemand redet so mit Oliver Caslano.

Aber nichts geschah.

Er hob die Stimme nicht einmal an.

Es war kein Geheimnis, dass er gerne Alkohol trank, aber niemand wusste, wie viel, also war es wirklich ein Scherz von ihr, aber ein sehr, sehr riskanter, den niemand machen durfte, außer man war Daniela Caslano.

„Ja, der Alkohol ist es wert, meine liebe Schwester", sagte er wieder mit einem Lächeln. Oliver muss sie wirklich sehr, sehr lieben, dass er sie solche Dinge sagen lässt und ihre Witze mit Humor nimmt.

Ich will mir gar nicht ausmalen, was er mit mir gemacht hätte, wenn ich so etwas sagen würde. Aber dann fällt mir ein, dass der Unterschied zwischen ihr und mir ist, dass er sie liebt und mich hasst.

Während Oliver nach oben ging, um ihre Sachen in sein Zimmer zu bringen, brachte ich Tante Daniela ihre Diät-Cola, um die sie gebeten hatte.

„Na, Morana, freust du dich, nächste Woche wieder in den Kindergarten zu gehen? Freust du dich, deine Freunde wiederzusehen? Ich habe seit zwei Jahren nicht mehr mit dir gesprochen, du bist so groß geworden. Oh wow, und deine Haare sind wie flüssiges Gold. Du siehst genauso aus wie deine Mutter. Gott, ich vermisse sie so sehr. Sie war meine beste Freundin, als wir jünger waren und uns im Alter von sechs Jahren kennenlernten, genau so alt wie du jetzt."

Ich wollte nicht hören, wie sehr ich Angela ähnlich sehe, aber ich wollte mehr über sie wissen, und es war der beste Zeitpunkt, um darüber zu sprechen, denn wir konnten hören, dass Oliver oben telefonierte, und er konnte nicht hören, wie wir über sie sprachen. Und wenn doch, würde er bestimmt versuchen, so schnell wie möglich das Thema zu wechseln, denn er hasste es, über sie zu reden. Jedes Mal, wenn ich auch nur eine einzige Frage über sie stellte, sagte er: „Du bist es nicht wert, du Stück Scheiße." Also sagte ich mir, dass ich nicht mehr fragen sollte. Vielleicht war ich es wirklich nicht wert. Aber irgendwie fühlte ich mich bei Daniela frei, nach der Frau zu fragen, die mich auf die Welt gebracht hatte und wie schön sie war.

„Wie habt ihr euch kennengelernt?", fragte ich neugierig und mit weit aufgerissenen Augen.

„Im Grunde wollte mein Vater immer in der Toskana leben und einen eigenen Bauernhof mit Hühnern und Kühen und all diesen Dingen haben. Er liebte es, draußen zu arbeiten und sich um die Tiere zu kümmern. Er war auch der Meinung, dass Kinder, die mit Tieren aufwachsen, eine bessere Persönlichkeit und ein grösseres Verantwortungsgefühl haben, wenn sie erwachsen sind. Er wollte immer, dass wir gute Menschen werden, wenn wir älter sind, das war eines seiner Gebete in der Nacht, bevor er starb.

Wie ich schon sagte, zogen wir von Lecce in die Toskana in ein kleines Dorf, in dem Angela lebte. Sie war ein Jahr jünger als ich und dein Vater, aber wir wurden sehr schnell beste Freunde. Wir hatten die gleichen Interessen und in den zwanzig Jahren, in denen wir uns kannten, hatten wir nie einen Streit miteinander. Im Gegensatz zu Angela und mir verstanden sie und Oliver sich nie so gut wie wir beide. Um ganz ehrlich zu sein, sie hassten sich gegenseitig, sie waren wie Katz und Maus oder Wasser und Feuer.

Als wir ein bisschen älter wurden, so um die zehn Jahre, wollte ich nicht, dass mein Bruder und meine beste Freundin sich hassen. Also sagte ich Verto jedes Mal, wenn er etwas unhöfliches ihr gegenüber sagte, dass hundert Clowns nachts in sein Zimmer kommen würden, wenn er schlief, und dass sie ihn entführen würden. Er hatte so viel Angst vor diesen Clowns, dass er anfing, wirklich nett zu ihr zu sein. Und dann, im Alter von sechzehn Jahren, verliebten sie sich und wurden ein Paar.

Manchmal wünschte ich, ich hätte ihm nie gesagt, er solle nett zu ihr sein, denn er hat mir meine beste Freundin gestohlen. Mit ihm wurde sie mehr und mehr zu einem anderen Menschen. Aber ich bin mir nicht sicher, ob es daran liegt, dass ...“

„Ich denke, Morana hat für heute genug Geschichten gehört, Ella. Ich will nicht, dass sie viel über ihre Mutter erfährt, das könnte sie traumatisieren. Ich habe dir schon gesagt, dass du dieses Thema nicht ansprechen sollst, bis sie alt genug ist, um mit dem Tod umzugehen. Also bitte, hör jetzt auf. Würdest du?“

Verdammt. Oliver hatte die ganze Zeit hinter uns gestanden und zugehört. Ich glaube, ich weiß, warum er sie genau an diesem Punkt unterbrochen hatte. Auch wenn ich immer noch nicht weiß, ob er sie missbrauchte oder nicht, weil ich keine Beweise hatte, bin ich mir hundertprozentig sicher, dass er etwas tat, um sie auf irgendeine Weise zu manipulieren. Warum hörte er dann genau bei diesem Satz auf und nicht schon früher, wenn es wirklich daran lag, dass ich nichts über sie wissen durfte? Aber wie ich schon sagte, ich werde es wohl nie erfahren.

„Oliver, stell dich nicht dümmer an, als du ohnehin schon bist. Warum sollte es ihr ein Trauma bereiten, über eine so wichtige Person in ihrem Leben zu sprechen, die sie nie kennenlernen durfte? Hast du schon mal daran gedacht, vielleicht mal eine andere Freundin zu finden und etwas Richtiges anzufangen, statt immer nur One-Night-Stands mit fast ganz Italien zu haben?“

„Schon mal daran gedacht, auf deine Worte zu achten, wenn du mit mir sprichst, wenn meine Tochter dabei ist?“

„Oliver Caslano, du solltest es doch besser wissen, in welchem Ton du mit mir sprichst."

„Okay. Es tut mir leid, Ella. Es ist meine Schuld. Vielleicht hast du recht, aber du musst wissen, dass es mir schwerfällt, über sie zu reden, wenn Morana neben mir steht und aussieht wie eine kleinere Kopie von ihr", sagte Oliver zuletzt.

Hat er sich gerade wirklich bei jemandem entschuldigt? Bei einer Frau? Das waren die einzigen Dinge, an die ich denken konnte. Und dann, Moony, fing er, ob du es glaubst oder nicht, zu weinen an. Noch nie in meinem Leben habe ich einen Mann weinen sehen. Außer Pete, als er über seine Felicia sprach. Aber Oliver Caslano, der vor einer Frau weinte, wegen einer Frau, das war etwas, von dem ich dachte, dass ich es nie in meinem Leben sehen würde. Ich wusste nicht, wie ich reagieren sollte, ich meine, er hasste mich und wollte mich in diesem Moment wahrscheinlich nicht in seiner Nähe haben. Aber er war irgendwie, auf eine seltsame und unerklärliche Weise, immer noch mein Vater. Und obwohl wir keine Beziehung hatten oder jemals gehabt hatten, teilten wir dasselbe Blut, und es war das erste Mal, dass ich Mitleid mit ihm empfand. Zumindest dachte ich, dass ich das in diesem Moment fühlen sollte.

„Komm schon, Verto. Es wird alles gut werden. Brauchst du eine Umarmung von deiner großen Schwester?", fragte Daniela. Eine Sache, die ich an Daniela nie mochte, war, dass sie zu jedem Arschloch nett war, auch wenn das eine sehr gute und starke Persönlichkeitseigenschaft war.

Sobald Oliver in ihre Arme fiel und sie umarmte, fing auch ich an zu weinen und umarmte sie beide. Es war auch das erste Mal, dass ich meinen Vater wirklich umarmte. Das ist jetzt, wo ich das schreibe, eigentlich sehr traurig.

Es vergingen nicht einmal zehn Sekunden und jemand kam ins Haus. Niemand anderes als Pete. Er kam, für seine Verhältnisse, gut gekleidet. Er hatte ein neu gekauftes, grünes Hemd an, zumindest glaube ich, dass es neu war, denn er hatte es noch nie getragen, und eine braune Hose. Wahrscheinlich war die ebenfalls neu gekauft. Mit seinen unordentlichen dunkelblonden Haaren wie immer und einem Dreitagebart sah er ein bisschen aus wie Shaggy von Scooby-Doo.

„Huhu, warum weint ihr denn alle? Die Prinzessin hat Geburtstag, wir sollten lieber lachen!", sagte Pete mit einer Stimme, die klang, als wäre er erst vor fünf Minuten aufgewacht. Ich liebte es, wenn er mich Prinzessin nannte, denn das waren die einzigen Male, dass ich mich nicht schämte, ein Mädchen zu sein. Mit Pete an meiner Seite schien alles einfacher und mehr wie ein Zuhause. Vor allem in dem Haus, in dem ich wohnte.

„Komm schon, Pete, halt die Klappe. Übrigens, falls du es vergessen haben solltest, das ist meine Schwester Daniela", sagte Oliver, während er sich aus den Armen von Tante Daniela löste. Er wischte seine Tränen weg und umarmte Pete. Es war nicht die intensive Umarmung wie vor einer Minute, es war mehr eine „Bruder-Umarmung".

Moony, versteh mich nicht falsch, ich liebe Pete und ich war froh, dass er gekommen war, aber ich wollte meinen Dad noch mindestens fünf Sekunden länger umarmen, weil ich wusste, dass es das erste, aber auch das letzte Mal sein konnte, dass wir uns so nahekamen.

„Hallo, Pete. Wir haben uns vor etwa zwei Jahren kennengelernt. Erinnerst du dich noch an den Joint um 2 Uhr morgens auf deinem Balkon bei Voltos Geburtstag?", sagte Daniela, während sie Pete die Hand schüttelte.

„Bella, wie könnte ich diese Nacht je vergessen?", sagte Pete, und danach schüttelten sie sich nicht mehr die Hände, sondern umarmten sich, als würden sie sich schon seit zwanzig Jahren kennen.

„Okay, ihr zwei, ich habe noch nie von diesem Typen gehört? Hattest du in dieser Nacht etwas mit meiner Schwester?" Man konnte hören, wie Olivers Stimme mit jedem Wort, das er sagte, wütender wurde. Er trat einen Schritt näher an Pete heran.

„Beruhige dich ein bisschen fratello, ich würde nie im Leben deine Schwester anfassen", sagte Pete mit seiner „Entspannungs"-Stimme.

Oliver wich langsam einen Schritt zurück.

„Und außerdem, was wäre, wenn wir in dieser Nacht etwas am Laufen gehabt hätten? Das geht dich nichts an, Oliver. Und außerdem wäre es nur fair gewesen, weil du auch meine beste Freundin gevögelt hast!" Tante Daniela sagte das wütend, aber man konnte sehen, wie ihr die Tränen in die Augen stiegen. Daniela gehörte zu den Menschen, die auch zu weinen anfangen, wenn sie wütend sind, was ich sehr süß finde.

Oliver hatte nichts mehr zu sagen.

Er öffnete kurz den Mund, als ob er etwas sagen wollte, aber er schloss ihn sofort wieder, als er merkte, dass er Daniela nichts entgegenzusetzen hatte, weil sie recht hatte. Es war im wahrsten Sinne des Wortes verrückt zu sehen, dass mein Vater seine Argumente nicht mit seinem Charme bei einer Frau durchsetzen konnte.

Aber ich war froh, dass er es nicht tat.

„Ich gehe jetzt und bereite das Abendessen vor. Für den Moment habe ich genug von diesem gerede", sagte Oliver und ging in die Küche. Ich wusste nicht einmal, was er mit „Abendessen vorbereiten" meinte, denn er hatte nicht ein einziges Mal für mich gekocht oder etwas in der Küche selbst zubereitet, außer wenn er Shots oder Cocktails mixte. Ich frage mich wie ich überhaupt bis heute überlebt habe.

Als er ging, saßen wir schweigend auf der Couch, weil wir alle nicht wussten, was wir sagen sollten.

Dann endlich brach Daniela das Schweigen: „Ich brauche eine Zigarette."

Pete ging ihr nach, und ich folgte ihm, weil ich nicht mit Oliver allein bleiben wollte, während er wütend war, auch wenn es diesmal zur Abwechslung nicht meine Schuld war. Aber ich war mir sicher, dass er einen Grund finden würde, um es so aussehen zu lassen, als wäre es meine Schuld gewesen.

Um das zu verhindern, ging ich mit den beiden auf den Balkon, während sie rauchten und sich darüber unterhielten, welche die beste und welche die schlechteste Zigarettenmarke sei.

Also, Moony, das war's. Meine Familie. Bestehend aus meiner Tante, einem psychisch kranken Vater und meinem drogensüchtigen besten Freund.

Weißt du, jedes Mal, wenn ich den Gedanken hatte, dass mein Leben nichts wert ist und es nicht noch schlimmer werden könnte, dachte ich daran, was wäre, wenn es Pete oder Daniela nie gegeben hätte. Ich hätte niemanden gehabt, mit dem ich hätte reden können, niemanden, der mich zum Lächeln gebracht und mir gesagt hätte, dass es nicht so schlimm ist.

KAPITEL DREI

Als Pete und Daniela mit dem Rauchen ihrer Zigaretten fertig waren, öffnete Oliver die Balkontür, um uns zu sagen, dass das Abendessen fertig ist. Ich freute mich so sehr auf die Pasta, weil ich bei uns zu Hause nie etwas Selbstgekochtes aß. Das einzige Mal, dass jemand für mich kochte, war, wenn wir bei Daniela waren. Sie machte die beste Lasagne aller Zeiten, und ich aß immer mindestens drei Portionen, wenn wir dort waren. Nicht einmal Oliver hat so viel gegessen, wahrscheinlich, weil er nicht die ganze Zeit hungrig war.

„Ich habe Moranas Lieblingspasta gemacht. Oder besser gesagt, ich habe es versucht. Buon appetito!"

„Buon appetito!" Wir alle sagten es Oliver nach.

Dass ich keine Lieblingspasta habe und er das nur sagte, damit er vor Daniela wie der Super-Papa dasteht, lassen wir mal beiseite.

Moony, wenn ich ehrlich bin, schmeckte die Pasta furchtbar. Die Nudeln waren zerkocht und die Sauce war schon vor zwei Jahren abgelaufen. Das einzig Annehmbare auf dem Teller war der Mozzarella, aber wie ich dir schon sagte, habe ich eine Laktoseintoleranz, damals wusste ich das noch nicht aber ich wusste dass ich nacher Bauchschmerzen bekommen würde. Ich hätte Oliver davon erzählen sollen, aber die Wahrscheinlichkeit, dass es ihn interessierte, war zu klein, um es auch nur zu versuchen.

Das war wahrscheinlich auch die schlechteste Pasta, die je in Italien gekocht worden war. Trotzdem aß ich zwei Teller davon, denn es war das erste Essen, das mein Vater je für mich gekocht hatte, an meinem Geburtstag, und ich wollte ihn auf keinen Fall enttäuschen.

„Verto, wie kannst du dich Italiener nennen, wenn du das traditionellste Rezept, das unsere Kultur kennt, nicht zubereiten kannst? Ich war noch nie so enttäuscht von dir. Wenn ich

dich nicht lieben würde, würde ich dich dafür umbringen!"
Tante Daniela musste natürlich etwas sagen. Aber sie hatte wie immer recht, und Oliver hatte nichts zu entgegnen. Er nickte nur verlegen und nahm einen Schluck von seinem Bier.

Pete und ich saßen nur da und sagten nichts.

Ich hatte das Gefühl, wenn sogar ein Mörder in Petes Haus eindringen würde, würde er sich einfach nur entspannt zurücklehnen und nichts sagen.

Pete hatte auch eine Tätowierung auf seinem Arm, auf der „DOLCE FAR NIENTE" stand. Es bedeutet die Süße des Nichtstuns. Ich denke, das ist die passendste Tätowierung, die ein Mensch sich gestochen hat. Er hat Hunderte von Tätowierungen, meistens sind es nur ein paar winzige, aber ich finde es toll, dass sie alle eine besondere Bedeutung haben. Einmal versuchte er, sie mir alle zu erklären, aber ich habe die meisten wieder vergessen. Aber er hat eine Tätowierung im Nacken, die er für mich gemacht hat. Es ist eine kleine Krone, weil er mich seine Prinzessin nennt, unter der Krone steht Morana.

„Weißt du, Felicia hat mir gesagt, ich soll es machen. Sie sagte, dass du das stärkste Mädchen bist, das sie kennt, und dass sie stolz auf dich ist. Und auch, weil du meine beste Freundin bist, sogar eine bessere als dein Vater." Das sagte er mir, nachdem er das Tattoo gestochen hatte. Ich wette, dass Felicia ein großartiger Mensch gewesen sein muss, auch wenn ich nicht weiß, wer sie ist. Aber sie bedeutete Pete auf jeden Fall die Welt.

Nachdem alle ihre Teller leer gegessen hatten, brachte Oliver den Kuchen. Zu meiner Überraschung war es ein Vanillekuchen.

„Sie hatten keinen Vanillekuchen mehr in der Bäckerei, aber ich habe Petes Mutter gesagt, dass es für deinen Geburtstag ist, also hat sie eine Ausnahme gemacht und noch einen gebacken. Ich finde, du solltest ihr beim nächsten Mal danken, das wäre das mindeste!"

Ich wusste nicht einmal wer Petes Mutter war oder dass Petes Mutter in dieser Bäckerei arbeitete, aber ich freute mich trotzdem, meinen Lieblingskuchen zu bekommen. Und er schmeckte köstlich. Ich hatte schon so lange keinen Kuchen mehr gegessen, dass es sich anfühlte, als würde ich ihn zum ersten Mal probieren.

Allen hatte er geschmeckt, und es war mein erster Geburtstag, an dem mein Vater sich endlich für mich interessierte.

Ich versuchte, meine Tränen zurückzuhalten, als die Sahne der Torte auf Danielas neues Hemd spritzte, das sie sich anscheinend vor zwei Tagen gekauft hatte.

„Warte nur, bis ich …"

Und dann ging sie los, die Tortenschlacht. Wir fingen alle an, uns gegenseitig mit Kuchen zu bewerfen, bis er überall auf unseren Gesichtern und Kleidern war.

Der Einzige, der das nicht so lustig fand, war natürlich mein Vater, aber in diesem Moment war uns das allen egal. Und es fühlte sich gut an, meinen Vater mit Kuchen zu bewerfen. Aber ich hatte trotzdem Angst, dass ich hinterher dafür bestraft werde.

„Ihr alle werdet das aufräumen. Ich werde keinen Finger rühren. Viel Spaß!", hatte Oliver zu uns gesagt. Und natürlich mit seiner „Ich bin der Beste von allen"-Stimme.

„Spielverderber!", rief Daniela ihm hinterher, aber er tat so, als würde er es nicht hören.

Nachdem wir drei die Sauerei aufgeräumt hatten, waren unsere Kleider und Haare immer noch voller Vanille. Aber es schmeckte so gut.

„Morana, lass uns nach oben gehen. Ich werde dich unter der Dusche waschen. So lassen wir dich doch nicht ins Bett gehen, oder?", sagte Daniela zu mir, während sie mich schon zur Treppe schob. Das Einzige, was mir durch den Kopf ging, war, dass sie, wenn sie mich unter der Dusche waschen würde, alle meine Narben sehen würde, und ich kann mich nicht mit etwa dreißig Zigarettenbrandwunden und zehn tiefen Narben von Bierflaschen, die nach mir geworfen wurden, entschuldigen. Ganz zu schweigen von all den kleinen blauen Flecken oder meinen frisch blutenden Stellen.

Ich musste jetzt besonders schlau sein.

„Denk nach Morana", dachte ich.

Wenn ich sie nicht machen lasse, wird sie es herausfinden.

Tu, was Papa sagt, oder es ist ganz vorbei mit dir.

All diese Dinge gingen mir durch den Kopf, während wir die Treppe hinaufgingen, wo außer Oliver niemand war.

„Was macht ihr denn da?", fragte er.

„Siehst du nicht, wie schmutzig sie ist? Jemand muss deine Tochter sauber machen", antwortete Daniela.

„Das kann sie doch selber machen. Wir haben geübt." Olivers Stimme wurde noch höher als bei dem Satz zuvor.

„Sie ist sechs und die Creme ist klebrig. Keine Chance, dass sie das alleine rauskriegt! Jetzt lass uns durch."

Das Letzte, was ich sah, bevor ich das Badezimmer betrat, war Olivers Gesicht, das all die Warnungen und Ausreden widerspiegelte, die er mir immer wieder aufgetragen hatte, falls irgendwelche Fragen auftauchen sollten.

Seine Augen waren aber auch ängstlich.

Wir waren beide nervös, was passieren würde, wenn die Wahrheit ans Licht käme. Oliver würde sein Gesicht verlieren.

Als ich mein weißes Hemd und meine blauen Leggings auszog, sprang ich in die Badewanne. Ich versuchte, die blauen Flecken auf meinem Bauch mit meinen Armen zu bedecken.

„Ist dir kalt, du zitterst ja? Soll ich das Wasser ein wenig erwärmen?", fragte Daniela.

„Nein, mir geht's gut. Mir ist nicht kalt." Ich zitterte aus Angst.

KAPITEL VIER

„Dein Haar ist so schön."

„Danke", sagte ich.

„Warum zitterst du so stark? Das Wasser ist doch fast heiß."

„Ich weiß es nicht", sagte ich.

Danach herrschte etwa zehn Minuten lang Schweigen.

Oliver klopfte zwei Mal an die Tür, um zu fragen, ob alles in Ordnung sei und ob wir seine Hilfe bräuchten. Daniela fand ihn lästig und sagte ihm, er solle gehen.

Ich schaute aus dem Fenster und sah, dass es draußen schon dunkel war, etwa 23 Uhr.

Als Daniela mich sauber gemacht hatte, war ich froh, dass sie keine Fragen gestellt hatte. Es war, als ob sie all die blauen Flecken und Narben gar nicht bemerkt hätte. Entweder war es ihr egal, oder sie glaubte immer noch die Geschichte mit der Nachbarskatze. Das dachte ich jedenfalls, bis wir aus dem Bad kamen.

Daniela zog mir meinen Schlafanzug an, und als wir aus dem Bad kamen, stand Oliver da, als hätte er die ganze Zeit nur darauf gewartet, dass wir herauskamen.

Wahrscheinlich hatte er das auch.

„Ich muss mal kurz mit dir reden", sagte Daniela, als wäre sie wegen irgendetwas sauer auf ihn. Oliver sah erst mich an und dann sie direkt in ihre Augen. „Klar, was immer du brauchst, Ella."

Er wurde nervös und seine Haut sofort so weiß wie die Wand hinter ihm. Er war verängstigt. Wirklich verängstigt. Ich habe ihn noch nie in solcher Panik gesehen. Ich weiß nicht mehr, ob ich Mitleid mit ihm hatte. Ich hoffe, das tat ich nicht.

Daniela nahm ihn am Arm, als sie ihn auf den Balkon zog. Besser gesagt, sie schob ihn auf den Balkon.

Oliver sagte zu Pete, er solle verschwinden, weil er seinen Mitternachts-Joint auf dem Balkon rauchte, obwohl es noch mindestens eine halbe Stunde bis Mitternacht war. Ich schaute ständig auf die Uhr.

„Willst du runtergehen und ein paar coole Tricks sehen, die ich kürzlich mit dem Rauch gelernt habe? Komm schon, Prinzessin, lass uns deine Geburtstagszeit nicht durch zwei Geschwistern verschwenden, die sich streiten", sagte Pete. „Sie streiten? Warum?" Ich fragte, warum, aber ich wusste schon, dass es etwas mit mir zu tun hatte, mit meinen Verletzungen.

„Ich weiß nicht, aber deine Zia schien ziemlich wütend zu sein. Wie auch immer, lass uns nach unten gehen, damit du dir ein weiteres Trauma wegen deines Vaters ersparst." Das war vielleicht etwas direkt, aber es war die nackte Wahrheit.

Als wir hinuntergingen, konnte ich Daniela schreien hören, aber ich hörte nicht, was sie sagte, weil Pete bereits anfing, seine Geschichte zu erzählen. Er schaute mich an und sah, dass ich versuchte, ihnen zuzuhören, also wurde seine Stimme noch lauter. Ich bin mir nicht sicher, ob er mich damit davor schützen wollte, die Dinge zu hören, über die sie sich stritten, oder ob er wollte, dass ich seiner Geschichte zuhöre, wahrscheinlich das erstere.

Ich weiß nicht mehr, worüber er sprach, aber es ging um einen Supermarkt und ein Geschenk, wahrscheinlich meins.

Wir setzten uns auf die Couch und er zeigte mir, wie er einen doppelten Ring mit dem Rauch machte. Das sah wirklich cool aus. Spaßfakt: Ich traf noch nie eine andere Person, die zwei Ringe aus einem Zug machen konnte.

Als er fertig geredet hatte, zog er ein kleines Päckchen aus seiner Tasche. „Es war selbst eingewickelt", sagte er, was mich zum Lächeln brachte.

„Ein Feuerzeug? Du hast mir doch letztes Mal gesagt, ich solle nie mit dem Rauchen anfangen. Wozu also das Feuerzeug?" Ich war verwirrt. Jedes Mal, wenn ich einen Zug von seinen Zigaretten probieren wollte, sagte er mir, ich sei zu jung für so etwas und außerdem wolle er mich nie eine Zigarette rauchen sehen.

„Und ich will auch nicht, dass du rauchst, niemals. Aber weißt du, wenn ich eines Tages nicht mehr da bin, aus welchen Gründen auch immer, dann möchte ich, dass du auf dieses Feuerzeug schaust und an mich denkst. Denk an all die Zeit, die wir zusammen verbracht haben, die lustige und die emotionale."

Ich fand, das war eines der besten Geschenke überhaupt. Und wie ich es versprochen hatte, schaute ich es mir jeden Tag an.

Fünfzehn Minuten, zwanzig Minuten, eine halbe Stunde vergingen, und Pete und ich warteten immer noch darauf, dass sie kamen.

Es war bereits halb eins, als sie endlich die Treppe herunterkamen.

Oliver sah erschöpft aus. Irgendwie entblößt.

Daniela hingegen sah enttäuscht und irgendwie verletzt aus.

Ich hatte Angst zu erfahren, worum es ging, aber ich saß einfach nur da und starrte sie an.

„Ich glaube, es ist Zeit für dich, ins Bett zu gehen, Morana. Du siehst müde aus und ich denke, es ist das Beste für uns alle, wenn wir etwas schlafen. Zia wird morgen früh abreisen und ich werde dich nicht wecken und sie auch nicht. Also, verabschiede dich schon mal und geh dir die Zähne putzen, bitte."

Das war das erste Mal, dass er mir eine Freude machte indem er es nett sagte. Oliver sagte das nämlich mit einem tiefen Murmeln in der Stimme, das nicht so herrisch klang wie sonst. Ich umarmte Daniela zum Abschied fest und sagte ihr, dass ich sie liebte. Das Schlimmste an dem Abschied von ihr war nicht, dass sie gehen würde. Es war, dass ich nicht wusste, wie lange es dauern würde bis wir uns das nächste Mal sehen würden. Es könnten zwei Jahre sein, aber auch zwanzig. Je nach Olivers sozialem Batteriestatus.

„Ich werde dich vermissen, Käfer. Schick mir einen Brief, sobald du in der Schule schreiben lernst. Ich liebe dich und pass auf dich auf." Man konnte sehen, dass sie Tränen in den Augen hatte, als sie das sagte. Ich hatte sie auch. Schließlich zwinkerte ich Pete zu, sagte aber nichts, ich hielt es für unnötig, etwas zu sagen, wenn wir uns buchstäblich jeden Tag sehen.

Ich ging nach oben und machte mich bettfertig, aber ich konnte nicht einschlafen. Ich machte mir viele Gedanken, worüber sie geredet hatten, und das ließ mir keine Ruhe. Ich wollte es so gerne wissen, aber manchmal ist es einfach besser, Dinge nicht zu wissen, damit sie einen nicht verletzen konnten.

Ich begann Schafe zu zählen, und rgendwie schlief ich dann doch ein.

KAPITEL FÜNF

Jemand oder etwas schüttelte mich. Zuerst dachte ich, es sei Teil des Traums, den ich hatte. Ich träumte davon, in einer Achterbahn zu sein, diese Dinger, von denen mir Pete erzählt hatte. Er sagte, dass man sich während der Fahrt einfach nur frei fühlt, so als würde man fliegen. Als Kind war er oft mit seiner Familie dort, fast jedes Jahr. Aber als bei seinem Vater Krebs diagnostiziert wurde, zerbrach die Familie, und sie konnten nicht mehr dorthin fahren. Als sein Vater zwei Jahre später starb, bekam er schlimme Depressionen, und damit fing die ganze Drogensache an. Als ich hörte, dass sein Vater an Krebs starb, fühlte ich mich noch mehr mit Pete verbunden. Ich stelle mir vor, dass unsere beiden Eltern gemeinsam über uns wachen, wenn wir irgendwelche coolen Sachen machen. Pete sagte oft, dass er glaubt, sein Vater wäre enttäuscht, wenn er sehen könnte, was aus ihm geworden ist. Aber ich glaube, dass sein Vater stolz auf ihn wäre. Nicht wegen seiner Sucht, sondern wegen der Tatsache, dass er der einzige Mensch war, der für ein kleines Mädchen da war, als es sonst niemanden hatte, auch wenn er es nicht hätte sein müssen.

„Komm schon, du kleiner Scheißer, wach auf. Ich muss mit dir über ein paar Dinge reden. Ich möchte, dass du sie aufklärst."

Ich wusste schon am alkoholischen Atem, wer es war. Es war Oliver. Ich tat so, als ob ich bereits tief schlief, was ich auch getan hatte, bevor er beschlossen hatte, mich zu wecken.

„Ich weiß, dass du nicht schläfst, deine Augenlider sind zu sehr zusammengepresst, um einen tiefen Schlaf zu haben. Entweder du wachst jetzt auf, oder ich muss dich auf andere Art dazu bringen."

Mistkerl.

Bevor er ein weiteres Wort sagen konnte, öffnete ich die Augen und sah auf die Uhr, die 2 Uhr morgens anzeigte.

„Was ist passiert?", fragte ich mit verschlafener Stimme.

„Was passiert ist? Du willst wissen, was passiert ist? Ich werde dir zeigen, was passiert ist. Du kleines Miststück hast deiner Tante deine blauen Flecken gezeigt. Natürlich muss die schützende Daniela misstrauisch werden und mit ihrem kleinen Bruder darüber reden. Weißt du, was auch passiert ist? Sie weiß, dass du nicht in den Kindergarten gehst. Die kleine dumme Morana kann ihren Mund nicht halten und auch nicht auf ihren Vater hören, wenn er mit ihr spricht. Willst du wissen, was sie da draußen gesagt hat? Sie hat gesagt, dass ich dich missbrauche. Sie sagte, dass sie von mir enttäuscht ist und dich am liebsten mitnehmen würde, und: „Ich hätte so etwas nie von dir gedacht, Oliver. Sieh dich doch mal an. Haben Mama und Papa dir nicht genug Liebe gegeben? Was ist los mit dir?" Sie hat mich gefragt, was mit mir los ist! Ich habe ihr gesagt, dass das Unfälle waren und sie nicht das Recht hat, so etwas zu mir zu sagen."

Moony, er hörte sich an, als würde er im nächsten Moment explodieren, aber er musste leise sein und sogar flüstern, damit sie uns nicht hörten. Oder besser gesagt, damit Daniela uns nicht hörte.

Ich wusste, dass sie ihm erzählt hatte, was sie gesehen hatte. Aber wenn sie es wusste, warum nahm sie mich dann nicht gleich mit, damit ich frei war?

Ich sagte nichts. Also fuhr er fort: „Willst du wissen, wie es weiterging? Willst du?" Ich schüttelte den Kopf. Nicht, weil ich es nicht wissen wollte, sondern, weil ich wollte, dass er aufhört. Er ignorierte es und erzählte einfach weiter.

„Sie hat gesagt, dass sie das verdammte Recht hat, mir das zu sagen, weil du ihr alles erzählt hast. Die süße kleine Morana hat ihrer fürsorglichen Tante alles über ihr ach so schlechtes Leben erzählt, obwohl ihr Vater ihr gesagt hat, dass sie ihren verdammten Mund halten soll, wenn ihr jemand solche Fragen stellt."

„Aber ich habe ihr nichts erzählt, Papa, ich schwöre es. Sie hat mich gefragt, aber ich bin allen Fragen ausgewichen oder habe gesagt, dass es die Katze war. Bitte glaub mir!"

Wie und warum um alles in der Welt log Daniela ihn an und ließ mich die Konsequenzen tragen? Niemand, nicht einmal Oliver, gab mir das Gefühl, so hintergangen zu werden, wie sie es in diesem Moment tat. Sie wusste es, sie erzählte ihm alles, sie sah die blauen Flecken und Narben und unternahm nichts dagegen. Ich fing sofort an zu weinen.

„Oh, jetzt weint das Arschloch. Sieh mal, genau so fühlt sich jemand, wenn die Wahrheit ans Licht kommt. Du tust so, als wärst du verletzt und hast nichts getan, aber du weißt genau, dass du Mist gebaut hast und jetzt dafür bezahlen wirst. Ich weiß, was du getan hast, Morana. Ich habe mein Bestes für dich getan. Ich habe mir den Arsch aufgerissen, damit du ein Zuhause hast. Ich habe eine Party für dich gegeben und dir Kuchen gekauft. Und das ist der Dank, den ich bekomme? Für all die Jahre, in denen ich mich um dich gekümmert und mein Bestes für jemanden gegeben habe, der es nicht verdient hat? Das wirst du mir büßen, Morana."

Er biss die Zähne zusammen, packte mich am Handgelenk und zog mich aus dem Bett. Er gab mir wieder das Gefühl, es sei alles meine Schuld. Ich entschuldigte mich bei ihm und sagte ihm, dass es mir leid tat und ich auch nicht gewollt habe, dass sie mich duschte, aber er hörte nicht zu.

„Hör jetzt auf zu weinen. Ich wünschte, du könntest sehen, wie hässlich du aussiehst, wenn du schluchzt, es ist fast peinlich zu wissen, dass du zur Hälfte aus mir gemacht bist. Wie auch immer, hör jetzt auf zu weinen. Wenn ich auch nur einen kleinen Mucks von dir höre, werde ich dich umbringen. Und dieses Mal ist es mir mehr als ernst. Leg dich nicht mit mir an, Morana, deine Zeit ist jetzt vorbei."

Seine Augen blitzten zornig. Meine waren voller Angst.

Zuerst drückte er mich auf den Boden und zog mich an den Haaren, dabei riss er mir einige Strähnen aus. Es war sehr schmerzhaft, aber ich wusste, dass ich stark sein musste. Ich konnte nicht schreien, weil ich wusste, dass Daniela und Pete schliefen. Okay, nur wegen Daniela. Er schlug mich, bis meine Wunden, die auf dem Weg der Heilung waren, wieder zu bluten begannen.

Er hatte mir schon so lange nicht mehr wehgetan, dass es sich dieses Mal noch schmerzhafter anfühlte.

Zum Schluss warf er mich gegen die Wand. Das war eigentlich das Einzige, was nicht so wehtat, denn das passierte oft und ich kannte den Schmerz bereits.

Anstatt weiterzumachen, hörte er auf, als ich auf den Boden fiel. Ich schaute in sein Gesicht und er schien Angst zu haben. Zuerst war mir nicht klar, warum er mich so ansah. Ein Teil von mir dachte, dass er sich vielleicht doch schlecht fühlte, aber da lag ich natürlich falsch. Sekunden später hörte ich jemanden meinen Namen schreien und an die Tür klopfen. Es war Daniela. Sie hatte uns doch gehört.

„Was in aller Welt tust du da, Oliver? Ich habe dir vertraut. Verdammt, ich hätte meinem Gefühl vertrauen sollen, dass etwas mit dir nicht stimmt. Ich habe dir da draußen geglaubt, als du sagtest, dass das Unfälle waren. Oliver, ernsthaft, was zum Teufel …?"

Da wusste ich, dass mein Vater sie wieder angelogen hatte. Sie hatte nichts unternommen, weil sie ihm vertraute. Er hatte mich darüber angelogen, wie sie es herausgefunden hatte. Sie wusste es, aber er log. Und sie glaubte ihm.

„Nein, bitte, Ella. Sei nicht böse auf mich, ich bin krank. Ich, ich kann es dir später erklären, ich verspreche, dass es mir nicht so schlecht geht, wie es jetzt aussieht." Er klang zwar traurig, aber das war ihr egal. Es war mir egal, wie er sich in diesem Moment fühlte. Es war seine Schuld, und jetzt sollte er dafür büßen.

„Sprich nie wieder mit ihr. Ich will, dass du sie nie wieder ansiehst. Und mich auch nicht. Ich werde mich für den Rest meines Lebens um sie kümmern. Du bist für mich tot, mehr als das."

Daniela sagte das mit fester Stimme, aber sie hatte Tränen in den Augen. Ich verstand. Wenn man jemanden liebt und er einen verletzt, kann man ihn nicht einfach verlassen, auch wenn man es sollte.

Oliver brach in Tränen aus und fiel auf die Knie. Er flehte sie um Vergebung an, aber sie konnte ihm nicht ins Gesicht sehen. Es ging alles so schnell, Moony. Ich hatte Angst, aber eine Stimme in meinem Kopf sagte mir, dass es jetzt vorbei war.

Das Letzte, woran ich mich in diesem Haus erinnere, ist, dass Daniela mich am Arm packte und aus dem Zimmer zog. Oliver saß still da und unternahm nichts. Das Einzige, was er tat, war, etwas in sich selbst zu flüstern. Ich konnte nicht genau hören, was er sagte, aber es klang wie eine Entschuldigung. Wofür auch immer er sich entschuldigte, in diesem Moment konnte ich ihm nicht verzeihen. Ich liebte ihn als seine Tochter, aber ich hasste ihn als Mensch.

Daniela und ich liefen Hand in Hand die Treppe hinunter und verließen das Haus. Sie schob mich in ihr Auto und wir fuhren davon. Es fühlt sich an, als wäre alles in weniger als zehn Sekunden passiert.

Sie sagte zuerst kein Wort, aber man konnte im Rückspiegel sehen, dass ihr die Tränen wie ein Wasserfall über die Wangen liefen. Ich konnte mir den Schmerz vorstellen, den sie in diesem Moment empfand. Stell dir vor, du verlierst deinen besten Freund seit dreißig Jahren, weil er ein Kind missbrauchte, sein eigenes Kind. In diesem Moment fühlte ich mich schlechter wegen Daniela als wegen mir selbst, denn anders als ich wusste sie nicht, was in ihm vorging. Was sein wahres ICH war.

KAPITEL SECHS

Die Autofahrt war anfangs etwas seltsam. Wir wussten nicht, worüber wir reden sollten, weil die Situation für uns beide im Moment einfach zu viel war. Danielas Tränen hörten über eine Viertelstunde lang nicht auf zu kullern. Ich wusste, dass ich es sein musste, die das Schweigen beendete.

„Warum bist du ins Zimmer gekommen? Ich habe versucht, nicht laut zu sein, während er mich geschlagen hat." Das war die einzige Frage, die mir durch den Kopf ging. Ich könnte schwören, dass ich überhaupt nicht laut war, warum hat sie uns dann gehört?

„Ich habe dich nicht gehört, Liebling, aber ich wünschte, ich hätte es gehört. Ich wollte dir das Geschenk geben, das ich dir gekauft habe, weil ich vergessen habe, es dir beim Kuchenessen zu geben. Das ist der Zeitpunkt, an dem man normalerweise Geschenke überreicht. Im Grunde hatte ich ein schlechtes Gewissen, weil ich es dir nicht selbst überreicht habe, und es fiel mir leider zu spät ein. Ich war mir nicht ganz sicher, ob du noch wach warst, aber ich sah Licht unter dem Türspalt. Oliver hat mir erzählt, dass du manchmal bis spät in die Nacht liest, also dachte ich, du würdest lesen, bis ich etwas herunterfallen hörte und Verto, ich meine Oliver, laut seufzte."

Sie hörte auf zu reden und fing wieder an zu weinen, aber ich sagte ihr, sie solle weitermachen.

„Morana, es tut mir so, so leid. Ich hätte es wissen müssen, seit ich deine Narben und alles andere gesehen habe. Wie du zusammenzucktest, als ich dich berühren wollte, oder die Angst in deinen Augen, wenn du mit deinem Vater redetest." Sie hielt erneut inne, um sich in ein Taschentuch zu schnäuzen, dann fuhr sie fort: „Da ich schon das komische Gefühl im Bauch hatte, dass mit deiner Beziehung zu ihm etwas nicht stimmt, bin ich in das Zimmer gegangen. Zuerst habe ich geklopft, aber es hat niemand aufgemacht, also habe ich selbst aufgemacht. Oh mein Gott, als ich dich auf dem Boden liegen sah und in Olivers Gesicht blickte, wurde mir alles klar. Ich wollte ihn anschreien und verprügeln, aber ich konnte zuerst nicht sprechen. Ich sah ihm in die Augen und ich sah einen anderen Menschen. Es war nicht der Oliver, mein Bruder und bester Freund, mit dem ich aufgewachsen war. Es war ein Misshandelnder, ein kranker Mann, der kein Recht hat, Kinder zu haben.

Weißt du, als wir uns auf dem Balkon unterhielten, konfrontierte ich ihn bereits mit der Tatsache, dass du nicht in den Kindergarten gehst, obwohl du es solltest. Er sagte, es tue ihm leid, dass er gelogen habe, aber er schäme sich, mir zu sagen, dass bei dir eine schlimme Form von ADHS diagnostiziert worden sei und du deshalb noch nicht in die Schule gehen könntest. Übrigens, hast du die Diagnose wirklich bekommen?"

Ich schüttelte den Kopf. Ich war noch nie bei einem Arzt gewesen, abgesehen von dem Tag, an dem ich geboren wurde. Das war lächerlich.

„Okay, also jedenfalls sagte er das, und als ich ihn nach den blauen Flecken fragte, sagte er nur, dass das alles Unfälle waren. Ich hätte es wissen müssen, Morana, ich werde mir nie verzeihen können, dass ich es sechs Jahre lang mit dir habe geschehen lassen. Ich kann immer noch nicht glauben, dass er dir das angetan hat. Ich habe ihn wirklich geliebt, und ich glaube, das tue ich immer noch, aber ich würde ihn in diesem Moment am liebsten umbringen. Es tut mir leid."

„Du brauchst kein Mitleid zu haben. Du hast keinen Grund dazu." Sie sollte wirklich kein Mitleid mit mir haben. Es war nicht ihre Schuld, ganz und gar nicht. Es war nur seine Schuld, und niemand sollte sich wegen ihm schlecht fühlen. Oliver ist der Einzige, der sich deswegen schlecht fühlen sollte.

„Ich wusste einfach, dass ich dich so schnell wie möglich aus diesem Haus bringen musste. Falls ich es dir noch nicht gesagt habe, wir fahren jetzt zu mir nach Hause. Und ich möchte, dass du mir alles erzählst, was mit dir passiert ist. Wenn wir ankommen, muss ich die Polizei anrufen. Einer meiner besten Freunde ist Polizist, er wird schockiert sein, wenn er von Oliver hört. Er kennt ihn, und er kannte auch deine Mutter."

Und dann wurde es mir plötzlich klar.

Was ist mit Pete? Ich hatte mich nicht einmal von ihm verabschiedet. Ich habe ihm nur zugezwinkert.

Moony, da fing ich an zu weinen und flehte Daniela an, mich zurückzufahren, damit ich ihn ein letztes Mal umarmen konnte. Ich bin doch seine beste Freundin und er ist mein bester Freund, der einzige, den ich habe. Er kann es nicht alleine schaffen.

„Morana, es tut mir leid, aber ich wäre der dümmste Mensch auf Erden, wenn ich dich noch einmal einen Schritt in dieses Haus machen lassen würde. Ich werde der Polizei sagen, dass sie versuchen soll, ihn zu finden."

„Das kannst du ihnen nicht sagen! Sie werden von seiner Sucht erfahren und er wird in eine psychiatrische Anstalt oder ins Gefängnis kommen. Er kann das nicht alleine schaffen, er ist nicht stark genug."

Ich wollte nicht, dass die Welt oder irgendwer in so sieht. Daniela sagte, dass es das Beste für ihn wäre, wenn sie ihn finden würden, auch wenn es zunächst nicht so aussieht. Er brauchte Hilfe und konnte so nicht weiterleben, aber ich konnte es zuerst nicht verstehen. Ja, ich wollte, dass er sicher und gesund ist, aber die Angst, ihn allein zu lassen, war in diesem Moment, in diesem Auto dass mich weg brachte, einfach grösser.

„Hör zu, Morana. Es wird ihm gut gehen, du musst dir keine Sorgen machen. Ich bin sicher, dass sie sich egal wo er hingeht, gut um ihn kümmern werden. Es mag dir jetzt wie ein Albtraum vorkommen, aber eines Tages wirst du es verstehen und er wird dir dafür danken." Ich nickte nur. Zuerst wollte ich ihr nicht glauben. Natürlich dachte ich, dass sie das alles nur sagt, um mich ein bisschen zu beruhigen, aber jetzt glaube ich ihr doch. Aber damals habe ich es einfach nicht verstanden und wollte ihn nur noch ein letztes Mal umarmen.

Die Autofahrt dauerte noch etwa drei Stunden. Wir machten fast alle zwanzig Minuten eine Pause, weil Daniela eine Zigarette rauchen musste. Ich wusste von Pete, dass das die

Leute beruhigt, also brauchte ich sie nicht zu fragen, warum sie das ständig tat.

Sie kaufte mir eine Tüte mit Nüssen, damit ich etwas im Magen hatte. Als ich ihr sagte, dass es für mich in Ordnung sei, 24 Stunden lang nichts zu essen, weil das für mich nichts Neues sei, fing sie an, etwas vor sich hin zu fluchen und wieder zu weinen. Man konnte sehen, dass sie es bereute, mich die ganze Zeit allein gelassen zu haben. Und wieder sagte ich ihr, dass es in Ordnung sei. Ich sagte diesen Satz wahrscheinlich hundertmal, doch sie hörte nicht auf, sich zu entschuldigen.

Während der Fahrt erzählte sie mir von all ihren Abenteuern, die sie als Teenager erlebt hatte. Sie erzählte von ihrem ersten Kuss und ihrem ersten Freund, dem ersten Streit in der Schule, vom ersten Mal Alkoholtrinken und vom ersten Mal Betrunkensein. Sie erzählte einfach alles nur um nicht wieder an das Jetzt zu denken. Jedes Mal, wenn sie Oliver erwähnen wollte, hörte sie sofort auf und ihre Wangen wurden ein wenig rot. Ich sagte ihr, dass es in Ordnung ist, wenn sie über ihn spricht, und dass ich es verstehe, weil sie beste Freunde waren. Ich wollte auch wissen, wie es war, als mein Vater noch nichts mit dem Alkohol zu tun hatte.

„Weißt du, bevor du geboren wurdest, hat er nie gerne getrunken, nicht einmal auf Partys oder im Urlaub. Er war auch nicht sehr an Mädchen interessiert, bevor er deine Mutter traf, sie war seine erste Freundin. Oliver war eher ein ruhiger Typ, jemand, der freitagabends lieber Bücher liest und Tee trinkt, als auszugehen und zu feiern. Party war mehr etwas für mich." Sie stieß einen Seufzer aus und sprach weiter.

„Er hatte keine Freunde in der Schule. Ich war die Beliebtere von uns beiden. Nicht viele Leute kannten ihn beim Namen, er war immer ,Danielas Bruder‘. Ich mochte es irgendwie, zu Hause und in der Schule die Hauptperson zu sein, aber ich hatte auch Mitleid mit ihm. Ich fühlte mich schlecht, dass niemand sein wahres Ich sah und dass es niemanden wirklich interessierte." Daniela hielt inne, um ihren Kaffee zu trinken. Sie bat mich um ein paar Nüsse, bevor sie wieder zu sprechen begann.

„Bevor deine Mutter in sein Leben trat, war ich die einzige Person, die ihm zuhörte, wenn er nachts über sein Leben und seine Träume sprach, was er werden wollte, sobald er erwachsen war. Damals hatte er viel Fantasie. Er erzählte, dass er an Feen, Elfen und all dieses magische Zeug glaubte. Er schwor mir, dass manchmal, wenn er einschläft, winzige Menschen an seinem Fenster stehen und ihn beobachten. Er sagte auch, dass einige von ihnen fliegen können. Ich dachte, er mache sich lächerlich und das seien nur Träume und Märchen, von denen er sprach. Aber jedes Mal, wenn ich ihm das sagte, wurde er wütend auf mich und sagte, dass sie wahrscheinlich Angst vor Menschen haben und sich deshalb nicht bei uns blicken lassen wenn ich da bin.,Ach ja, und sie zeigen sich nur dir, stimmt's? Kannst du dich selbst reden hören?', sagte ich und lachte. Er sah jedes Mal sehr sauer aus, wenn ich ihm sagte, dass er verrückt sei. Aber er behauptete immer, dass sie sich auch vor ihm nicht blicken lassen würden und dass sie nicht wollen, dass er sie sieht. Aber sie wissen nicht, dass er sie fast jeden Abend auf seiner Fensterbank flüstern sieht. Oliver erzählte mir auch einmal, dass sie hier sind, um Menschen zu helfen, oder für Menschen da sind, die allein sind. Deshalb stehen sie auf seiner Fensterbank, weil er allein ist und niemanden sonst zum Reden hat."

Es klang wie ein schlechter Film, als sie darüber sprach.

Es war seltsam für mich, als ich mich daran erinnerte, dass ich Oliver zu später Stunde mit jemandem hatte reden hören. Er sprach nicht laut, er flüsterte nur, aber ich konnte nicht hören, was er sagte. Ich erzählte Pete einmal, dass mein Vater nachts mit jemandem sprach, während er aus dem Fenster schaute, aber er sagte, dass er das nur wegen des Alkohols tat. Die Leute würden mit sich selbst reden, wenn sie zu viel getrunken hätten, sie würden in einer ganz anderen Realität leben. Aber das Gefühl in meinem Magen sagte mir immer noch, dass er mit jemandem redete, der real war, und dass er es nicht selbst war, jetzt wusste ich dass er mit den Feen gesprochen hatte.

Als Daniela all diese Dinge über ihn erzählte, tat mir mein Vater leid. Er hatte vielleicht eine gute Seele gehabt, die nur versuchte, verstanden zu werden. Mir liefen die Tränen über das Gesicht, als ich daran dachte, wie er allein in seinem Zimmer saß, las und Tee trank, während alle anderen in seinem Alter draußen waren und ihr Leben lebten. Ich konnte seine Gefühle nachempfinden, die er damals gehabt haben muss. Wenn ich draußen Kinder lachen und mit ihren Freunden auf dem Spielplatz spielen hörte, fühle ich mich noch einsamer. Zu wissen, dass sie alle nichts in ihrem Zuhause zu fürchten haben, dass sie sich keine Sorgen machen müssen, ob es eine Mahlzeit für den Tag oder den nächsten geben wird.

„Aber Daniela, wenn es diese Wesen wirklich gäbe, wären sie doch auch für mich da, oder?"

„Wenn es sie gäbe, dann wären sie auch für dich da."

Der nächste Moment, an den ich mich erinnere, war, dass ich die Augen schloss und einschlief.

KAPITEL SIEBEN

„Aufwachen, Schatz. Wir sind da, komm schon."

Ich spürte, wie Daniela mich aus dem Auto zerrte und versuchte, mich aufzuwecken. Ich öffnete meine Augen und sah, dass wir endlich bei ihr zu Hause waren. Draußen war es viel heller als ich eingeschlafen war. Oliver und ich hatten Daniela seit Jahren nicht mehr besucht, und ich konnte mich nicht mehr an viel von ihrem Haus erinnern, aber ich erinnerte mich an den Garten, in dem sie alle möglichen Pflanzen hatte. Als ich aus dem Auto ausstieg, holte ich tief Luft und roch den Duft ihres Gartens. Ich schaute mich um und stellte wieder fest, wie groß ihr Haus war. Es lag in einem alten Dorf, in dem nicht allzu viele Menschen lebten, aber alle kannten sich.

„Lass uns reingehen, ich mache dir einen Tee, oder du kannst einen frischen Apfelsaft trinken, den ich letzte Woche gemacht habe." „Ich nehme den Saft", sagte ich mit einem kleinen Lächeln.

Als wir das Haus betraten, war es etwa zehnmal größer, als es von außen aussah. Daniela machte den Fernseher an und sagte mir, ich solle mich auf die Couch setzen, während sie den Saft für mich holte.

Ich hatte nicht mehr ferngesehen, seit Oliver aus Versehen eine Glasflasche gegen den Fernseher geworfen hatte. Als das Gerät danach nicht mehr funktionierte, wurde er wütend und warf den Fernseher weg.

Es gab nichts Besonderes zu sehen, also sah ich mir einfach die Nachrichten an. Sie berichteten über eine Katze, die in den Supermarkt ging und eine Packung Kekse klaute. Ich hörte, wie Daniela laut lachte, als sie davon hörte, also fing ich auch an zu kichern.

Sie kam mit einem Glas Saft in der Hand zurück, dass sie nun auf dem Couchtisch abstellte. „Als du eingeschlafen bist, habe ich die Polizei angerufen und ihnen alles erzählt. Und bevor du jetzt fragst, ja, ich habe ihnen gesagt, sie sollen nett zu Pete sein", sagte sie.

„Was haben sie gesagt? Wird alles wieder gut werden? Muss ich zurück zu Dad?"

„Nein, mach dir keine Sorgen. Sie sind direkt dorthin gefahren, wo dein Vater wohnt, und haben ihn in einer Bar wieder auf dem Boden gefunden. Nachdem sie ihn hatten, brachten sie ihn auf die Polizeiwache. Er ist nicht mehr frei. Nachdem sie Oliver verhaftet hatten, sahen sie auch nach Pete und fanden ihn schlafend in seinem Bett. Ich weiß noch nicht viel über ihn, aber ich weiß, dass er in guten Händen ist."

Ich nahm einen großen Schluck von meinem Saft und atmete laut aus. Ich fing an zu zittern, ich wusste nicht, wie ich mit meinen Gefühlen umgehen oder was ich sagen sollte.

„Also, das Einzige, was du tun musst, ist, mir und dem Polizisten alles über deinen Vater zu erzählen, und was er getan hat. Ich muss, ich meine, wir müssen alles wissen, um einen Prozess mithilfe eines Anwalts in die Wege zu leiten, damit wir wissen, was mit Oliver passiert."

„Wird er sterben?"

„Nein, Schatz, das wird er nicht. Aber er wird die Konsequenzen für das, was er dir angetan hat, tragen müssen. Und deshalb musst du dem Polizisten und mir alles erzählen, okay?"

„O.k., o. k. Aber sie werden ihm nichts tun?"

„Du arme Seele, Morana. Nein, das werden sie nicht."

Sie umarmte mich leicht und sagte mir, ich solle etwas schlafen, bevor wir nach dem Frühstück zur Polizeiwache gehen.

Daniela zeigte mir mein Zimmer, aber sie sagte auch, dass ich in ihr Zimmer gehen könne, wenn ich nicht allein schlafen wolle. Ich sagte ihr, dass es für mich in Ordnung ist, allein zu schlafen. Ich sagte das nicht, weil ich schüchtern war, sondern, weil ich es wirklich ernst meinte. In all den Jahren, in denen ich an den unheimlichsten Nächten allein schlafen musste, hatte ich ja auch keine Angst.

Das Bett war schon gemacht, weil eine gute Freundin von Daniela dort vor einer Woche geschlafen hatte, und sie hatte die Laken noch nicht gewechselt.

„Warum willst du nicht auch schlafen?", fragte ich Daniela, als sie mir ein Glas Wasser in mein Zimmer stellte.

„Ich kann jetzt noch nicht schlafen, aber ich verspreche dir, dass ich später schlafen werde. Ich werde dich wecken … Nein, weißt du was, schlaf, so lange du willst. Du hast es dir verdient. Ich mache dir Frühstück, und wenn wir auf dem Polizeirevier waren, können wir einkaufen gehen. Du brauchst neue Kleidung und Spielzeug bekommst du auch und alles andere dass du brauchst. Geh jetzt schlafen. Ich hab dich lieb."

Sie gab mir einen Gutenachtkuss, und ich fühlte mich zum ersten Mal geliebt. Ich glaube, Daniela war sich gar nicht bewusst, dass sie mir an diesem Tag das Leben gerettet hatte, und zwar in jeder Hinsicht, in der ein Mensch gerettet werden kann.

Ich schlief ein, als ich hörte, wie sie die Treppe hinaufging und sich bettfertig machte. Ich wartete noch ein bisschen, weil ich nur sicherstellen wollte, dass sie auch etwas Schlaf bekam.

KAPITEL ACHT

„Warum bist du so still?", fragte Daniela, während wir früh-stückten. Sie hatte Spiegeleier mit selbst gemachtem Oran-gensaft gemacht und uns Brioche gekauft. Es war köstlich.

„Es ist nichts", antwortete ich.

„Du bist eine schlechte Lügnerin, weißt du?" Sie starrte mich buchstäblich an. Ich konnte verstehen, warum man sich nicht erlaubt, Daniela Caslano anzulügen. Wenn man sie an-lügt und ihr in die Augen sieht, kann man sehen, wie das Feu-er in ihnen brennt.

„Ich hatte einen schlimmen ... seltsamen Traum", sagte ich. „Wovon handelte er?"

„Papa".

„Willst du mir davon erzählen?"

Ich wusste bereits, dass die Frage nicht wirklich eine Fra-ge war, sondern eher ein Befehl. Also musste ich es ihr sagen.

„Es war nur, ich weiß nicht." Ich nahm einen Schluck von meinem Orangensaft und fuhr fort.

„Ich habe davon geträumt, dass Oliver vor deiner Tür steht und mich zwingt, mit ihm zu kommen. Als ich Nein geantwor-tet und ihm gesagt habe, dass es mir gut geht, hat er mir eine Ohrfeige gegeben und mich einfach mitgenommen."

„Und wovor hast du jetzt Angst?"

„Ich habe Angst, dass genau das passiert. Oder etwas Ähn-liches. Ich liebe ihn, weil ich seine Tochter bin, so wie du ihn als deine Schwester liebst, richtig?"

„Ich weiß es nicht mehr, aber ja, ich weiß, was du meinst. Ich glaube, das werde ich immer. Aber hast du Angst, dass er kommen und dich wieder holen könnte?"

„Ja, ich vermisse ihn sehr. Aber ich will nicht, dass er mich wiedersieht, glaube ich. Ich habe einfach Angst, dass er mich findet und mir dann wieder wehtut. Ich will das nicht mehr, Daniela. Ich kann das nicht mehr, ich bin doch ein Kind." Meine Augen füllten sich mit Tränen, bis ich sie nicht mehr zurückhalten konnte. So sehr ich ihn auch liebte, so sehr hasste ich ihn auch. Ich stellte mir gerade vor, wie ich mit Daniela oder sogar alleine nach draußen gehe, wenn ich älter bin, und ihn dann vor mir sehe und er mich wieder schlägt.

Daniela umarmte und küsste mich auf die Stirn. „Mach dir keine Sorgen, Morana. Ich werde mich um dich kümmern. Und ich kann dir jetzt schon versprechen, dass ich dich mit allem, was ich habe, vor diesem Monster beschützen werde. Selbst wenn es bedeutet, dass ich mein Leben für dich gebe, werde ich es tun. Das tun Menschen, wenn sie einander lieben. Sie würden ihr eigenes Leben für das von anderen opfern, egal was passiert. Und ich wünschte, du hättest das schon viel früher erfahren."

Wir blieben vielleicht zwei Minuten in der Umarmung, bis ihr Wecker uns unterbrach.

„Komm, wir müssen zur Polizeiwache. Und denk dran, sag alles, was du durchmachen musstest und was du weißt. Versprochen?"

„Versprochen."

„Und dann, was hat er getan?", fragte der alte Polizist mich, als ich ihm von der Veranstaltung im Büro erzählte, zu der Oliver mich mitgenommen hatte.

Als ich anfing, ihm von meiner Kindheit zu erzählen, fing Daniela an zu weinen. Ich hatte ihr das alles noch nie erzählt, also war es auch für sie neu.

„Er sagte mir, dass alles meine Schuld sei und dass er wegen mir seinen Job hätte verlieren können. Er war sehr wütend, aber ich verstand ihn ein wenig, denn er mochte seinen Job und …" Der Polizist unterbrach mich.

„Nein. Du solltest es nicht verstehen, Morana. Was er getan hat, war nicht in Ordnung und du solltest ihn nicht verstehen. Du bist unschuldig, Liebling. Also, was ist dann passiert?"

„Okay. Also, er sagte, ich solle es nie wieder tun. Ich sagte, dass ich es nicht tun würde und dass es mir leid täte, aber er hat mir überhaupt nicht zugehört. Dann fing er an, mich zu verprügeln. Nachdem er mit den Schlägen fertig war, warf er mich auf den Balkon. Ich schlief dort die ganze Nacht. Ich weiß nicht mehr genau, ob er gegangen ist, nachdem er mich hinausgeworfen hatte, oder wohin er gegangen ist. Aber ich konnte ihn nicht sehen, als ich ins Haus schaute."

„Hattest du eine Decke oder ein Kissen?"

„Nein".

„Kannst du mir sagen, wie kalt es ungefähr damals war, wie viel Grad Celsius es hatte? Wenn du weißt, was das ist."

„Oh, ja, Pete hat mir davon erzählt. Es war etwa sieben Grad Celsius kalt. Das habe ich im Radio gehört, als wir zu der Veranstaltung gefahren sind, sie hat gesagt, dass es nachts etwa sieben Grad Celsius kalt sein würde, also glaube ich, dass es das ist."

„Questo non può essere vero. Und es tut mir leid, was hattest du noch mal an?"

„Ich trug eine schwarze Jeans und mein Lieblings-Hello-Kitty-Shirt. Oh, und ich hatte auch eine blaue Jacke an, für den Fall, dass es kalt werden würde. Aber ich habe die Jacke im Haus vergessen. Mein Fehler, ich hätte auf meinen Kopf hören sollen, als er mir sagte, ich solle sie nicht gleich ausziehen, wenn wir drinnen sind."

„Das ist unglaublich, Morana. Du musst wirklich eine kleine Fee gehabt haben, die dich in dieser Nacht vor dem Tod bewahrt hat, so leid es mir tut, so etwas sagen zu müssen. Weißt du, dass nicht viele Menschen so kalte Nächte überleben? Vor allem nicht Kinder?"

„Mein Vater hat auch an Feen geglaubt. Glaubst du auch an sie?"

„Ich weiß es eigentlich nicht. Aber meine Mutter hat gesagt, dass sie als Kind einmal eine gesehen hat. Mein Freund hat mir auch oft von ihnen erzählt, aber ich weiß es nicht. Ich kann sie mir im wirklichen Leben nicht vorstellen."

„So schön es auch ist, über diese Wesen zu sprechen, ich möchte das hier so schnell wie möglich beenden. Es ist mir wichtig, dass Oliver für das, was er getan hat, direkt ins Gefängnis kommt, also könnten wir bitte dieses Gespräch fortsetzen?"

„Zia, mach dir keine Sorgen. Ich mag ihn. Und wir haben den ganzen Tag Zeit, darüber zu reden, das verspreche ich."

Ich wusste, wie nervös sie wegen dieser ganzen Sache war. Aber der Polizist war wirklich ein netter Mann, und er wollte mich wahrscheinlich nur zum Lächeln bringen.

„Okay, du hast gehört, was dir deine Zia gesagt hat. Was geschah dann am nächsten Morgen, als du aufgewacht bist?"

„Ich bin aufgewacht und habe versucht, die Tür zu öffnen. Zu meiner Überraschung war sie offen. Mein Körper war völlig lila, aber um mich selbst aufzumuntern, sagte ich, ich sähe aus wie die Grinsekatze aus Alice im Wunderland."

„Hat er dich wieder geschlagen, nachdem du aufgewacht bist?"

„Nein, nicht körperlich. Er hat mir gesagt, dass ich hässlich aussehe, nutzlos bin und wie sehr er sich wünscht, dass ich ein Junge wäre. „Das wäre nie passiert, wenn du nicht so aussehen würdest wie deine Mutter", sagte er immer. Aber er hat mich nicht geschlagen. Ich weiß nicht, vielleicht tat es ihm leid, was er getan hatte, oder er hatte einfach noch nicht genug getrunken am frühen Morgen."

„Wie denkst du über deinen Vater?"

Ich sagte nichts. Nicht, dass ich es nicht wollte, aber ich konnte es nicht, weil ich es nicht wusste.

„Ich glaube, darauf will sie nicht antworten", sagte Daniela, um mich zu schützen. Sie sah, wie unwohl ich mich bei all den Fragen über meine Gefühle für meinen Vater fühlte. Aber der Polizist verstand.

„Okay, also, andere Frage. Erzähl mir mehr von deinem Freund Pete."

Ich begann sofort zu lächeln.

„Pete ist mein bester Freund. Mein fratello. Er und ich sind buchstäblich zwei Idioten, das sagt er immer. Ich kann mich nicht wirklich an die Zeit erinnern, in der er nicht in meinem Leben war. Er war der Einzige, der sich um mich kümmerte, weil mein Vater dazu nicht in der Lage war. Pete war nicht in der Lage, sich um sich selbst zu kümmern, aber er konnte sich um mich kümmern. Er hielt mir die Ohren zu, wenn mein Vater wegen irgendetwas schrie, er versuchte, mir etwas über das Leben und alles, was er tut, beizubringen. Er erzählte mir von seiner Felicia, ich weiß ehrlich gesagt immer noch nicht, wer das ist, aber ich bin mir sicher, dass sie eine tolle Frau ist. Als er von ihr sprach, sah ich so ein Funkeln in seinen Augen, wie ich es noch nie bei jemandem gesehen habe."

„Wusstest du von den Dingen, die er tut, die nicht gut für die Gesundheit sind? Ich meine die Drogen."

„Natürlich, ich wusste davon. Ich weiß eine Menge darüber. Pete hat mir so viele Dinge darüber erzählt. Er hat versucht, mich über alles aufzuklären, was ich nicht wusste, manchmal sogar, wenn ich eine sehr dumme Frage stellte, beantwortete er auch diese immer. „Es gibt keine dummen Fragen, nur dumme Antworten", pflegte er zu sagen. Sein Sinn für Humor war sehr schlecht, aber die Tatsache, dass er immer über sich selbst lachte, brachte auch mich zum Lachen."

„Hat dieser Pete dir jemals irgendwelche Drogen gegeben? Oder hat er versucht, es zu tun?" Ich wurde ein wenig wütend auf den Polizisten, weil er mich das fragte. Ich erzählte ihm, dass Pete der einzige Mensch war, der immer für mich da war und mir half, und das Einzige, was er fragen konnte, war, ob er mir Drogen gab? Ich verstehe, dass diese Frage gestellt werden musste, aber trotzdem tat es mir leid, dass Pete diesbezüglich verdächtigt wurde.

„Das hat er nie getan und wird es auch nie tun. Eines Abends, als er mir erzählte, was Nikotin mit Menschen macht, ließ er versehentlich seine Zigarettenschachtel bei uns liegen. Am nächsten Tag schlug Oliver mich wieder und verließ danach das Haus. Ich zitterte und musste mich beruhigen, also ging ich auf den Balkon und als ich die Zigaretten dort liegen sah, wollte mir, wie ich es bereits mehrmals bei Pete gesehen habe, wenn er wütend ist oder einfach nur Dampf ablassen will, eine anzünden. Aus irgendeinem Grund stand Pete auf seinem Balkon und rauchte eine von seinen Spezialzigaretten. Zuerst sah er mich nicht. Aber in der Sekunde, in der er mich sah, ging er direkt in unsere Wohnung, nahm mir die Zigarette aus dem Mund und warf sie in eine mit Wasser und toten Blumen gefüllte Vase. ‚Morana, was zum Teufel soll das? Warum hast du das getan? Und wo hast du die gefunden?‘, fragte er. Ich sagte ihm, dass es mich auch beruhigen sollte und dass er sie am Abend zuvor bei uns zu Hause vergessen hatte. Als er begriff, dass es seine Schuld war, dass ich eine Zigarette hatte, standen ihm die Tränen in den Augen.

‚Oh mein Gott, es tut mir so leid. Ich wollte nie, dass du diese dumme Scheiße machst, Morana. Es ist nur zu deinem Besten, damit du nicht damit anfängst, denn du bist klug genug, um zu wissen, dass es schlecht für dich ist. Gott sei Dank habe ich dich gesehen, kurz bevor du es versucht hast.‘ Ich sagte ihm, dass es mir leidtäte und dass ich nie, nie wieder in meinem Leben eine Zigarette anzünden würde. Nie wieder. Er sagte mir, dass er stolz auf mich sei und dass es ihm wiederum leidtat, dass er so reagiert hatte. Er umarmte mich, und da wusste ich, dass ich die richtige Entscheidung getroffen hatte, ihn zu meinem besten Freund zu machen, auch wenn ich nicht viele Leute zur Auswahl gehabt hatte."

„Es scheint also, dass dieser Pete ein wirklich guter und wichtiger Mensch für dich ist."

„Das ist er. Was wird mit ihm geschehen?" Ich war wirklich neugierig auf die Antwort, die ich bekommen würde, aber natürlich rechnete ich mit dem Schlimmsten.

„Wir werden ihm zuerst ein paar Fragen stellen, wie er lebt und so weiter. Nach unserem kleinen Gespräch werden wir uns überlegen, was wir tun. Aber ich werde Daniela Bescheid sagen, sobald wir eine endgültige Lösung gefunden haben. Damit du nicht so nervös bist, verspreche ich dir, dass ihm nichts Schlimmes passieren wird."

Meine Nervosität ebbte etwas ab, aber es war immer noch nicht die Erleichterung, die ich gern gehabt hätte.

„Okay, danke für die Antwort."

Er nickte und fuhr mit seinen Fragen fort.

KAPITEL NEUN

„Jetzt, wo ich alle Ihre Informationen habe, muss ich dir nur noch eine letzte Frage stellen", sagte der Polizist.

Wir waren nun schon fast vier Stunden auf dem Polizeirevier. Ich erklärte ihm alles genau und er hört nicht auf, Fragen zu stellen. Natürlich war es ihm wichtig, alles zu wissen, aber ich hatte das Gefühl, dass er einige Fragen nur aus eigenem Interesse stellte. Der Polizist sagte mir, dass es einfach war, mir weiter zuzuhören, weil ich ein guter Geschichtenerzähler bin. Auch wenn ich mich vielleicht ein bisschen ärgerte, dass es so lange dauerte, fasste ich es als Kompliment auf.

„Was wäre das?", fragten Daniela und ich gleichzeitig. Sie durchlebte das ganze Gespräch mit den verschiedensten Emotionen, sie musste sogar auf die Toilette gehen, um sich ein wenig zu beruhigen oder frisch zu machen. Ich glaube, sie war auch froh, dass er nur noch eine Frage hatte.

„Willst du bei der Verhandlung im Gerichtssaal sein wenn es soweit ist, oder willst du, dass nur Daniela dabei ist? Es liegt an dir, es ist deine Entscheidung."

„Nur ich. Ich werde sie ihn nie wieder sehen lassen. Danke für die Frage, ich denke, wir sind jetzt fertig." Sie kam aus ihrem Mund wie ein Schuss aus der Pistole. Daniela wirkte sehr selbstbewusst.

„Aber was ist, wenn sie es will?", fragte er.

„Meine Antwort ist Nein. Francesco, ich würde gerne ... Ich meine, ich würde jetzt gerne gehen. Wenn Sie noch Fragen haben, wissen Sie, wie Sie mich erreichen können.

Nochmals vielen Dank und wir sehen uns bei der Verhandlung. Morana, sag bitte auch Auf Wiedersehen."

„Auf Wiedersehen", sagte ich zuletzt. Ich hatte nicht viel Zeit, es zu sagen, denn Daniela zog mich bereits durch die Tür.

Das Letzte, was ich den Polizisten Francesco sagen hörte, war, dass er mir dafür dankte, dass ich so vertrauensvoll war und ihm alles erzählt hatte. Es war ja nicht so, dass ich eine andere Wahl gehabt hätte, aber ich war froh, dass ich ihm alles fast emotionslos erzählen konnte. Das war etwas, was ich von Oliver hatte. Zeige niemals deine Gefühle gegenüber Menschen, die du nicht kennst. Damals kannte ich zwar nicht viele Menschen, aber ich nahm es trotzdem als einen Ratschlag fürs Leben an.

Als wir im Auto saßen, fuhr Daniela uns zu einer Bäckerei, um etwas zu essen zu holen. Sie holte sich ein Cannolo-Brötchen, ich wollte nur ein Rosinenbrot. Eine Sache, die man über Daniela wissen muss, ist, dass sie zu jeder Mahlzeit etwas Süßes essen kann. Und, Moony, wenn ich sage, zu jeder Mahlzeit, dann meine ich auch jede Mahlzeit. Nachdem wir in der Bäckerei waren, setzten wir uns auf eine Parkbank und aßen dort unsere Brötchen.

„Danke, dass du mir das gekauft hast."

„Was? Du solltest mir nicht für alles danken, was ich koche oder dir kaufe. Es sollte für dich selbstverständlich sein, dass ich als Erwachsene das tue. Das sollte es für jeden sein, der jemanden liebt."

„Nicht, wenn es für jemanden wie mich nie selbstverständlich war. Es ist schwer zu verstehen, dass das jetzt alles vorbei ist."

„Oh Schatz, ich kann total verstehen, was du damit meinst. Wenn man endlich von all den giftigen Dingen in seinem Leben wegkommt, die einen wirklich gestört haben, ist es schwer zu begreifen, wann es endlich vorbei ist. Das hatte ich auch schon mehrfach. Entweder war es ein giftiger Freund oder etwas, das ich mir selbst angetan habe. Am Anfang fühlt es sich komisch an, dass es endlich vorbei ist, aber nach ein paar Wochen oder Monaten wirst du die Freiheit spüren."

Wir blieben noch etwas länger auf der Bank und spielten ein Spiel, das „Ich sehe was, das du nicht siehst" heißt. Ich gewann jedes Mal, auch wenn ich es zum ersten Mal spielte.

„Das ist unfair."

„Ich spiele nicht gegen die Regeln, wie du es tust."

Sie fing an zu lachen und sagte mir, dass es offensichtlich sei, dass ich die Tochter meiner Mutter sei.

So sehr ich es liebte, Geschichten über sie zu hören, umso mehr hasste ich die Tatsache, dass wir uns so ähnlich sind. „Du hast sie getötet, die Liebe meines Lebens." Ich hörte Olivers Stimme in jedem Satz, in dem ihr Name fiel. Er tat mir leid, denn auch wenn ich weiß, dass es nicht meine Schuld war, hat es mir trotzdem wehgetan.

Moony, ich kann gar nicht zählen, wie oft ich mir vorgestellt habe, wie mein Leben wohl gewesen wäre, wenn ich länger bei Oliver geblieben wäre. Wäre ich wie meine Mutter und oder wahrscheinlich ganz wie er geworden. Von seinem Aussehen über seinen Charakter bis hin zu sozusagen seinem Geschlecht. Genau wie er.

Wäre er kein Alkoholiker? Wäre er gesund? Würde er mich zurücknehmen, wenn ich endlich so wäre wie er?

Ich erfuhr es leider nie, aber ich hatte das Gefühl, dass ich mich damals damit auseinandersetzen musste.

Nachdem wir wieder zum Auto gegangen waren, fuhren Daniela und ich in die Stadt, um neue Kleidung und alles, was ein Kind braucht, zu kaufen.

Daniela liebt das Einkaufen. Wir gingen in ungefähr eine Million Läden, nur um genau die Dinge zu kaufen, die sich Daniela vorstellte. Im Gegensatz zu ihr war es mir eigentlich egal, was ich anhatte, Hauptsache, es war nicht zu mädchenhaft. Jedes Mal, wenn ich ein Kleid anprobieren musste, von dem Daniela sagte, dass es mir gut stehen würde, fühlte ich mich nicht wohl dabei. Olivers Stimme wollte mir nicht aus dem Kopf gehen.

Ich wollte nicht wählerisch oder dramatisch sein, also begnügte ich mich mit dem, was sie wollte, und versuchte, sie glücklich zu machen.

Als wir schließlich in den Spielzeugladen gingen, war es, als würde ich in eine Traumwelt eintreten. Ich war noch nie in einem solchen Laden gewesen und hatte auch noch nie Spielzeug besessen. Ich riss die Augen auf, als ich all die verschiedenen Arten von Playmobil und Lego sah.

„Jetzt darfst du dir aussuchen, was du gerne möchtest. Ich habe seit meiner Kindheit nicht mehr mit Spielzeug gespielt und da du das Kind bist, kannst du aus all dieses Spielzeug besser etwas aussuchen, dass dir gefällt."

Ich glaube, es ist ihr entgangen, dass ich zu Hause kein Spielzeug hatte. Für Oliver war es „unnötig" und eine Geldverschwendung. Das Einzige, womit ich spielte, waren seine Zeitschriften und das Gras aus Petes Joints. Pete sagte, dass es sich wie Sand anfühlt, wenn man damit spielt. Ich glaubte ihm, weil ich als Kind nicht einmal wusste, wie sich echter Sand anfühlte.

„Morana, warum hältst du nicht nach Barbies Ausschau? Sieh mal, sie sind in diesem Regal."

„Ich habe keine Lust, mit Barbies zu spielen." Ich hatte wirklich keine Lust. Ich interessierte mich mehr für all die Sachen, die etwas mit Superhelden oder Piraten zu tun hatten. Als ich all die Sachen ausgesucht hatte, die ich wollte, dachte ich immer daran, was wohl Oliver aussuchen würde.

Am Ende hatten wir einen Haufen Helden als Lego-Menschen und ein Set mit Elfen und Zauberern von Playmobil. Ich erinnerte mich daran, dass Daniela mir erzählt hatte, dass Oliver diese Dinge liebte, also dachte ich, dass er sich genau dasselbe ausgesucht hätte.

„Ich sage es nur ungern, aber vielleicht hast du wirklich etwas von deinem Vater. Aber nicht, dass du es jetzt zurücklegen solltest, nur weil er diese Sachen auch genommen hätte. Ich meine, wenn meine Interessen in diese Kategorie fallen würden, hätte ich es auch ausgesucht, aber ich stehe mehr auf Mode und Make-up, wenn du das nicht willst, ist es auch cool!"

Daniela begann zu plappern und schenkte mir ein nervöses Lächeln. Ich glaube, sie hatte ein schlechtes Gewissen, weil sie mir gesagt hatte, dass ich mit meinen Interessen genau wie mein Vater sei, und sie dachte, es sei etwas Schlimmes, was sie gesagt hatte. Was sie nicht wusste, war, dass ich, als sie es sagte, zu lächeln begann und stolz auf mich war, weil ich anfing, wie mein Vater zu sein. Ich wollte nicht die Person sein, die er war, als er ein schlechter Vater, ein Monster war. Ich wollte der Oliver Caslano sein, der er war, als er ein kleiner Junge war und missverstanden wurde.

Denn vielleicht, nur vielleicht, würde er mich dann lieben.

KAPITEL ZEHN

Nachdem wir eingekauft hatten, fuhr Daniela uns zurück zu ihrem, jetzt unserem, Haus.

Als wir zurückkamen, sagte sie mir, dass wir über einige Dinge sprechen müssten, damit wir wüssten, was in Zukunft mit dieser ganzen Situation passieren würde.

Wir setzten uns auf die Couch und sie machte uns grünen Tee und stellte Kekse auf den Couchtisch. Als ich den ersten Bissen nahm, begann sie zu erzählen.

„Also, ich weiß, es ist unser erster Tag zusammen, aber ich denke, wir müssen über eine Menge Dinge reden. Das Wichtigste ist, dass ich dich adoptieren muss, bevor ich mit Oliver zur Verhandlung gehe, denn ich möchte, dass du bei mir wohnst. Falls du nicht weißt, was eine Adoption ist, erkläre ich es dir kurz. Also wenn eine erwachsene Person, in diesem Fall ich, Elternteil eines Kindes sein möchte, also dir, mit all der Verantwortung und Erziehung das übernehmen will. Die meisten Kinder, die adoptiert werden, leben entweder in einem Kinderheim, aus welchen Gründen auch immer, oder es sind Kinder wie du, bei denen die eigentlichen Eltern sich nicht um ihr eigenes Kind kümmern können."

„Das verstehe ich. Aber heißt das, dass ich für immer bei dir leben werde?", fragte ich.

„Ich meine, natürlich nur, wenn du das möchtest. Aber bevor du fragst: Ich werde nicht deine „neue Mutter" sein, wenn du von dem Tag an, an dem wir die Papiere unterschreiben, mein Kind sein wirst. Ich werde für immer deine Tante bleiben, und Angela wird immer deine Mutter sein, auch wenn sie nie die Erfahrung machen konnte, eine Mutter zu sein."

Nach all den Jahren denke ich immer noch daran, dass Daniela mich nicht nur adoptiert und sich von da an um mein Leben gekümmert hat, sondern viel mehr für mich getan hat.

„Und was ist mit meinem Vater? Werde ich einen anderen haben?"

Daniela lachte.

„Nein, natürlich nicht. Ich meine, nur wenn ich eines Tages heiraten würde, was wahrscheinlich nie passieren wird."

Sie sagte das vielleicht mit Humor, aber ihr Blick sah aus, als wäre sie traurig darüber, dass sie nie jemanden finden würde, der sie auf romantische Weise lieben würde.

„Also gut. Sobald wir die Papiere unterschrieben haben und du damit einverstanden bist, den Papieren nach meine Tochter zu sein, aber wie ich dir gesagt habe, im wirklichen Leben meine Nichte für immer, werden wir zusammenleben und ich werde das volle Sorgerecht bekommen. Was Oliver angeht, musst du dir keine Sorgen machen. Er wird kein Mitspracherecht mehr haben und nicht mehr dein Vater sein, zumindest nicht auf dem Papier. Die Tatsache, dass ihr beide blutsverwandt seid, lässt sich leider nicht ändern."

Ich nickte nur zu allem, was sie sagte, weil ich nicht wusste, was ich sagen sollte. Oder ich wusste nicht, was sie von mir zu hören erwartete. Jedes Mal, wenn sie etwas sagte wie „wenn du willst", konnte ich nicht sagen, ob sie einen Scherz machte oder nicht. Dachte sie wirklich, ich wolle nicht mit ihr zusammenleben und stattdessen zu Oliver zurückkehren? Unmöglich.

Oder vielleicht sagte sie es nur, um sicherzugehen, dass ich alles verstand.

„Okay, als Nächstes möchte ich über die Schule sprechen. Wie ich jetzt weiß, bist du nie zur Schule gegangen, oder?"

„Nein".

„Ich habe die Schule angerufen, die von hier aus etwa zehn Minuten entfernt ist, wenn man zu Fuß geht. Ich habe ihnen gesagt, dass du nicht in guten Verhältnissen aufgewachsen und nie zur Schule gegangen bist, nicht einmal in den Kindergarten."

Das Einzige, was ich dachte, war: „Wann hat sie all diese Anrufe getätigt?"

„Was haben sie gesagt?", fragte ich.

„Der Schuldirektor hat mir gesagt, dass du einen Einstufungstest machen musst, wenn wir dich in die erste Klasse schicken wollen, wie die normalen Sechsjährigen. Wenn du ihn bestehst, kannst du mit Gleichaltrigen in die erste Klasse gehen. Wenn du durchfällst, musst du das zweite Kindergartenjahr wiederholen."

„Wann muss ich ihn machen?"

„Das müsste nächsten Montag sein. Und, Morana, sei bitte nicht traurig oder enttäuscht, wenn du den Test nicht bestehst. Es ist keine Schande, nicht in allem die Beste zu sein. Du hast im Leben mehr durchgemacht, als ein Kind je durchmachen sollte. Ich weiß, dass du ein sehr intelligentes Kind bist, aber ich wollte dich nur wissen lassen, dass alles gut wird und ich nicht von dir enttäuscht sein werde, egal was kommt."

Den Test nicht zu bestehen, war das Letzte, was ich wollte. Ich glaube, Daniela wollte nicht, dass ich das Vertrauen in meine Fähigkeiten verliere. Ich glaubte nicht einmal, dass ich etwas konnte, aber ich wusste, dass ich vielleicht ein bisschen intelligenter war, als mir mein Vater gesagt hatte. Pete hat mich schreiben und lesen gelernt und er hat immer gesagt wie gut ich sei. Oliver hat mir immer eingeredet, dass ich dumm sei. „Du kannst einen Scheiß alleine, du dummes kleines Arschloch", sagte er oft. Aber bei Daniela fühlte ich mich viel klüger, als ich hätte sein sollen. Sie fragte mich mehrmals am Tag, ob ich wüsste, was sie meinte, und ich musste ihr immer sagen, dass ich es wusste.

„Du bist buchstäblich das klügste Kind, das ich je getroffen habe." Das hatte sie mir in den nicht einmal 24 Stunden, die wir zusammen waren, schon ein paar Mal gesagt. Ich fühlte mich gut, wenn sie es sagte, aber ich hasste es, wenn sie meine Mutter erwähnte. „Weißt du, deine Mutter war auch sehr klug. Sie war sogar die Beste in der Klasse."

Vielleicht hat Oliver mich deshalb als dumm bezeichnet. Er wollte, dass ich mich so fühle, weil er nicht wollte, dass ich so wie Angela bin. Ich hatte es in seinen Augen nicht verdient.

Ich wünschte, ich könnte ihm sagen, um ihn zu beruhigen, dass ich auch nicht wie sie sein wollte. Ich wollte doch wie er sein.

Schließlich erzählte Daniela mir, wie ich bei ihr leben würde und welche Regeln es in unserem Haus gab, obwohl sie nie wirklich Regeln hatte. Die einzige war, dass ich mir jedes Mal die Hände waschen musste, wenn ich auf die Toilette ging, aber ich denke, dass das eine Selbstverständlichkeit ist.

Danach gingen wir nach draußen und machten einen kleinen Spaziergang durch das Dorf. Sie erzählte mir alles über unsere neuen Nachbarn, was wir von nun an miteinander teilen würden. Sie erzählte mir auch von ihren Geheimnissen und dem Klatsch und Tratsch. Daniela war eine sehr, sehr gute Erzählerin. Ich liebte es, ihr zuzuhören, während sie über alles sprach, was ihr in den Sinn kam.

Als es dunkel wurde, gingen wir ins Haus und sie machte uns Abendessen. Sie machte Spaghetti mit Tomatensauce, eine selbstgemachte Sauce, die beste, die ich je aß.

Nachdem wir gegessen hatten, putzte ich mir die Zähne, duschte und ging dann ins Bett. Bevor ich einschlief, erzählte mir Daniela noch eine Gutenachtgeschichte. Sie handelte natürlich von Feen und Elfen und so weiter. Mitten in der Geschichte schlief ich ein. Und weil ich das Ende nicht verpassen wollte, erzählte sie sie mir zu Ende, als ich am nächsten Morgen aufwachte.

KAPITEL ELF

Es war bereits der vierte Tag des Zusammenlebens mit Daniela. Am Tag zuvor war bereits das Zusammentreffen mit meinem Vater, ihr und natürlich mit dem Anwalt. Daniela ließ mich bei den Nachbarn, damit ich nicht allein zu Hause war.

„Es sollte kein Problem für mich sein, allein zu Hause zu bleiben", sagte ich.

Ich war schon mein ganzes Leben lang allein, also würden mir diese paar Stunden nichts ausmachen. „Ja, bei dir zu Hause. Aber das hier ist mein Haus, und ich werde dich nicht allein lassen, solange du sechs Jahre alt bist." Damit war das Gespräch zu Ende.

Die Nachbarn waren alte Leute, aber sie waren wirklich nett zu mir. Sie besaßen zwei Katzen und einen Hund, mit denen ich die ganze Zeit spielte.

Die Verhandlung dauerte etwa vier Stunden, ich konnte schon die Zeit ablesen. Pete hatte es mir auch das beigebracht. Am Ende konnte ich sie sogar schneller lesen als er. Darauf war ich sehr stolz, aber es war auch nicht schwer, in irgendetwas schneller zu sein als er.

Ich war nicht einmal so nervös, wie ich dachte, als ich mir Oliver und Daniela zusammen in einem Raum vorstellte, die um mein Leben stritten. Das Gefühl in meinem Bauch sagte mir, dass es gut werden würde, also vertraute ich darauf.

Als Daniela kam, um mich nach Hause zu bringen, schien sie sehr glücklich und erleichtert zu sein. Natürlich wussten die Nachbarn Bescheid, eigentlich sprach das ganze Dorf darüber, wie ich von meinem Vater misshandelt worden war. Jeder kannte ihn dort, seit er ein Kind war, und niemand wäre je auf die Idee gekommen, dass er sein eigenes Kind so behandelt hatte. Alle hatten immer noch den charmanten, gutaussehenden und umwerfenden Oliver im Kopf. Die Nachbarn sprangen sofort von ihren Stühlen auf und fragten sie, was passiert sei und wie es ausgegangen ist. „Dicci cosa accadrà a questo bastardo!“ Sie fingen an zu schreien und beschimpften meinen Vater fünf Minuten lang aus. Bevor Daniela kam, waren sie ganz ruhig und wirkten so gefasst. Aber jetzt, wo sie hereinkam, explodierten sie buchstäblich wie eine Bombe. „Ihr Lieben, calmati. Ich verstehe, dass ihr alle sauer auf ihn seid und alles wissen wollt. Aber bitte, lasst mich zuerst mit Morana sprechen. Sie ist die Hauptperson hier.“

„Se tocca di nuovo quella bambina lo faro.“

„Ihr könnt jetzt aufhören, okay? Wir werden heute Abend reden, kommt auf einen Kaffee vorbei. Morana, lass uns nach Hause gehen.“

Als wir nach Hause gingen, war sie überrascht, als ich ihr erzählte, dass sie mir nicht einmal eine Frage über meinen Vater gestellt hatten.

„Du musst wissen, dass die Menschen hier sehr neugierig sind, wenn es um ihre Mitmenschen geht, die sie lieben. Als sie vom Tod deiner Mutter hörten, waren sie untröstlich und schickten deinem Vater jeden Tag Tausende Geschenke nach Hause. Und als sie erfuhren, was mit dir passiert ist, waren all die Liebe und das Mitleid für ihn innerhalb von zwei Minuten verschwunden. Natürlich gab es immer noch einige, die dir von Anfang an nicht glaubten, aber als sie die Bilder sahen, taten sie es alle. Also, bitte, Morana, ärgere dich nicht zu sehr über die vielen Fragen, die man dir stellt. Sie wollen dich nicht verletzen. Sie sind jetzt auch deine Familie und sie sorgen sich einfach um dich.“

„Ich verspreche dir, dass ich mich nicht darüber ärgern werde. Aber ich werde mich ärgern, wenn du mir jetzt nicht erzählst, was mit Oliver und dir passiert ist. Ich warte schon seit vier Stunden!“

Sie begann zu kichern.

„Okay, komm schon. Lass uns reingehen.“

„Es war fantastisch. Versteh mich nicht falsch, aber ich hatte erwartet, dass es das schlimmste Gespräch wird, das ich je hatte. Als ich den Raum trat, saß Oliver bereits auf der anderen Seite, sodass ich seinen Blick nicht wirklich deuten konnte. Aber was ich sehen konnte, waren seine weit aufgerissenen Augen und seine blasse Haut, blasser als sonst. Als der Anwalt hereinkam, zählte er alles auf, was die Polizei ihm geschickt hatte, und fragte Oliver, ob es wahr sei. Zuerst sagte er gar nichts. Nach einer Weile fing er an zu weinen und gestand alles, was der Anwalt vorbrachte."

„Oh, ich hätte nicht gedacht, dass er alles zugeben würde."

„Ich weiß, oder? Das war das, was mich am meisten schockiert hat. Aber ich hatte kein bisschen Mitleid mit ihm, auch nicht wegen der Krokodilstränen. Das Ende der Geschichte ist, dass er wahrscheinlich für zehn Jahre ins Gefängnis muss. Die Polizei und ich waren zwar schockiert, dass es nur zehn Jahre waren, aber der Anwalt sagte uns, dass dies die höchste Strafe ist, die es für solch ein Vergehen geben kann. Ich hätte nichts tun können, um ihn lebenslang ins Gefängnis zu bringen, was er auch meiner Meinung nach, verdient hätte. Ich hoffe, dass du nicht zu wütend oder enttäuscht bist.

Und jetzt kommt eine weitere erfreuliche Nachricht für dich."

Daniela holte die Adoptionspapiere aus ihrer Tasche.

„Ich konnte sie nicht unterschreiben, ohne deine Erlaubnis zu haben, also musst du sie jetzt zuerst unterschreiben." Als ich meinen Namen geschrieben hatte, steckte Daniela die Papiere zurück in ihre Tasche und sagte, dass sie sie morgen früh, wenn ich noch schlafe, dem Anwalt geben würde. Ich schenkte ihr ein Lächeln und wir setzten uns auf die Couch und sahen fern.

Während wir zu Abend aßen, klingelte es an der Tür.

Daniela ging hin und öffnete sie. Sie schaute zurück, um mein Gesicht zu sehen, und sagte: „Sie sind hier."

Ich stand auf, ging zur Tür und sah die ganze Nachbarschaft mit Blumen, Schokolade und heiteren Gesichtern vor uns stehen. „Oh, bella. Basta guardarti", sagte eine Frau. Die andere küsste mich fünf Mal auf die Wangen. „Ich werde ihm in den Arsch treten, wenn ich diesen Mann jemals wieder in meinem Leben sehe", sagte ein anderer. „Es tut mir leid, aber ihr wart eigentlich nicht eingeladen." Daniela schien es peinlich zu sein, dass nun das ganze Dorf in ihrem Hinterhof stand. Sie hörten alle nicht auf das, was Daniela sagte, und redeten einfach weiter mit mir und stellten eine Frage nach der anderen.

Daniela ging in die Küche, um allen etwas zu trinken zu machen, und ich musste mit ihnen nach draußen gehen. Ich wurde noch nie so oft in wenigen Minuten umarmt. Sie hatten alle Mitleid mit mir, was wirklich nett war, aber ich wusste nicht, wie ich darauf reagieren sollte. Um es einfach zu machen, sagte ich, dass es mir jetzt besser ginge. Alle weiteren Fragen nach meinem Vater beantwortete ich nicht, er war schon verhasst genug.

Als Daniela mit den Getränken für alle zurückkam, beruhigten sie sich ein wenig und stellten mir keine weiteren Fragen mehr. Ich hörte noch von einigen Leuten, dass sie Olivers ganze Existenz beleidigten. Moony, ich will nicht alles aufschreiben, was sie über ihn gesagt haben, dafür würde ich weitere vier Seiten brauchen.

„Ella, kannst du uns bitte ein Bier bringen?", fragen die Männer Daniela. Ich wusste nicht, dass Ella wirklich ihr Spitzname war. Ich dachte, das sei etwas zwischen ihr und Oliver.

„Habt ihr überhaupt gehört, was mit Morana passiert ist? Das Letzte, was sie jetzt sehen will, sind ein paar alte Männer, die Bier trinken und sich im schlimmsten Fall vollsaufen."

„Oh, daran haben wir nicht gedacht. Es tut uns wirklich leid, dass wir so egoistisch waren, Bella."

„Nein, nein. Es ist in Ordnung, Zia. Sie können Bier trinken, ich habe keine Angst, wenn jemand Bier trinkt, sie sind nett. Aber, bitte, lass uns bei einem Bier bleiben."

Ich wollte nicht, dass irgendjemand wegen mir das Gefühl hat, etwas nicht tun zu können. Es wird immer Leute geben, die ich beim Biertrinken, beim Drogenkonsum oder beim Verprügeln sehen würde. Mit dieser Tatsache musste ich mich abfinden, lieber jetzt als später.

„Wie ich schon sagte, das klügste Kind aller Zeiten." Daniela lächelte mich voller Stolz an.

Als alle Nachbarn tranken und zu der Musik tanzten, die ein älterer Mann mit seiner Gitarre spielte, fühlte ich mich gut. Endlich fühlte ich mich wie zu Hause. Bis ich in diesem Moment etwas erkannte.

Während die Jungs ihr Bier tranken und sich gegenseitig anschrien, begannen sie, meinem Vater ähnlich zu sehen. Der einzige Unterschied war, dass sie sich nicht anbrüllten, weil sie wütend waren. Sie taten es aus Spaß.

Du weißt wahrscheinlich, wie laut Italiener sein können, wenn sie sich einfach nur normal unterhalten wollen. Ich starrte sie an und konnte nichts und niemanden anderes als Oliver sehen. Und dann wurde es mir klar.

Ich vermisste ihn.

Ich weiß, Moony, du würdest mich jetzt wahrscheinlich am liebsten ohrfeigen, aber ich konnte es nicht ändern. Ich vermisste ihn einfach. Meinen Peiniger, die Person, die mich in Millionen Stücke zerbrach, die Person, die mich am meisten verletzte, mein Vater. Ich vermisste ihn. Ich dachte mir, dass es jetzt nicht wirklich sein konnte. Niemand vermisst jemanden, der bösartig zu einem ist. Aber ich tat es, und ich konnte es nicht ändern.

„Alles in Ordnung?" Daniela kam mit Saft in beiden Händen zu mir. Sie reichte mir einen.

„Ich, ich weiß es nicht. Ich fühle mich nicht gut."

„Ich könnte ihnen sagen, dass sie gehen sollen, wenn es zu viel für dich ist, aber ich kann nicht garantieren, dass sie wirklich gehen werden. Du weißt ja, wie sie sind."

Ich stieß einen Seufzer aus. Ich wusste nicht, wie ich es ihr sagen sollte. Sie würde denken, dass ich verrückt geworden bin und mich in eine psychiatrische Klinik einweisen. Aber ich musste es ihr sagen.

„Ich werde einfach nach oben gehen. Ich bin wahrscheinlich nur sehr müde."

„Wenn du dir sicher bist, dass es nur das ist, dann solltest du wirklich schlafen gehen. Wünsch allen noch eine gute

Nacht, damit sie sich keine Sorgen machen, wenn du weg bist." Wie sie gesagt hatte, wünschte ich jedem Einzelnen eine gute Nacht und bekam noch mehr saftige Küsse von den alten Leuten, die hier wohnten.

Ich putzte mir die Zähne und zog mir den neuen Schlafanzug an, den Daniela mir am Vortag gekauft hatte. Er war dunkelgrün mit einem großen Schmetterling darauf.

Ich schloss die Tür und machte das Licht aus. Ich versuchte, Schafe zu zählen, damit ich schneller einschlief, aber es half nicht. Erstens konnte ich sie von draußen singen hören, als ob sie direkt neben meinem Ohr stehen würden und zweitens wollte Oliver nicht aus meinen Gedanken verschwinden.

Warum in aller Welt dachte ich an diesen Bastard, der mein Leben zerstört hatte? Den Bastard, den ich immer noch liebte und vermisste. Ich würde Daniela sagen müssen, wie ich mich fühlte. Sie würde es verstehen und mich nicht verurteilen. Ganz und gar nicht. Zumindest hoffte ich das.

Ich sagte mir, dass ich wach bleiben musste, bis sie in mein Zimmer kam, und dann würde ich es ihr sagen. Und wenn ich einschlief, würde ich trotzdem aufwachen, wenn sie hereinkam, weil sie sich ohne Musik nicht die Zähne putzen konnte.

Moony, ich schlief tatsächlich ein. Aber wie gesagt, ich wachte vom Klang ihrer Musik und ihrer Stimme auf. Daniela war nie eine gute Sängerin, aber es machte sie glücklich, wenn sie sang, also sagte ihr nie jemand, dass sie eigentlich nicht singen konnte. Ich schaute auf die Uhr und sah, dass es bereits drei Uhr morgens war. Ich wartete in meinem Bett, bis sie in mein Zimmer kam, um mir einen Gutenachtkuss zu geben.

„Was ist los?" So ein Mist. Ich dachte, ich wäre eine gute Schauspielerin, wenn es darum ging, so zu tun, als ob man schliefe. Sie ging zu meinem Bett und setzte sich darauf. Ich stand auf und setzte mich neben sie.

„Ich weiß nicht, wie ich es dir sagen soll, aber ich vermisse ihn. Es ist seltsam, ich weiß. Aber ich vermisse ihn einfach. Ich sollte nicht so empfinden. Aber ich tue es."

Sie sah mich an, als hätte ich mich gerade in einen Werwolf verwandelt.

„Das kam jetzt definitiv unerwartet. Wieso glaubst du das?"

„Ich weiß es nicht. Es wurde mir klar, als ich sah, wie die Nachbarn Bier tranken und sehr laut miteinander sprachen. Es erinnerte mich daran, wie es früher zu Hause mit Oliver war, nur nicht so freundlich wie hier. Ich denke in jeder Situation an ihn. Ich will ihn nicht vermissen, aber es hört nicht auf."

Ohne es zu bemerken, lief mir eine Träne über die Wange und in Danielas Schoß. „Schatz, mach dir keine Gedanken darüber. Es ist völlig normal, sich so zu fühlen. Du hast mit Oliver gelebt, seit du deinen ersten Atemzug gemacht hast. Und egal, wie die Person, mit der du gelebt hast, dich behandelt hat, ihr habt eine Beziehung aufgebaut. Ob es nun eine gute oder eine grausame Beziehung war spielt dabei keine Rolle, du fängst einfach an, dich an diese Person zu binden. Und wenn man dann von ihr oder ihm weg ist, beginnt man diese Person zu vermissen. Alles beginnt, dich an sie zu erinnern. Das ist im Grunde genommen Mutter Natur, Schatz."

„Du sagst also, dass es eines Tages verschwinden wird, dieses Gefühl?"

„Das wird es. Du wirst sehen, in ein paar Wochen wirst du nicht mehr an Oliver denken."

Sie umarmte mich ein letztes Mal, gab mir einen Gutenachtkuss und verließ dann das Zimmer.

Wenn Daniela es sagt, dann wird es auch so sein.

KAPITEL ZWÖLF

„Bist du nervös? Wenn ja, es ist in Ordnung, nervös zu sein. Aber es wäre besser, wenn du es nicht bist. Ich meine, mach dir keinen Stress. In Ordnung?"

Ich glaube, Daniela war an diesem Tag besorgter als ich. Es war Montag, der erste Schultag für mich. Das hieß auch, dass ich meinen Einstufungstest machen musste. Es war mir ziemlich egal, in welche Klasse ich kommen würde. Daniela hingegen hatte sich das ganze Wochenende darüber aufgeregt. Sie erzählte mir alle ihre Schulgeschichten bis ins kleinste Detail. Ich wollte, dass sie aufhört und mir keine Angst vor der Schule macht, aber sie sagte, dass sie mich nur auf alles vorbereiten wollte. „Wage es nicht, eines Tages zu sagen, dass ich dich nicht davor gewarnt habe!", meinte sie nach jedem Satz.

„Oh, meine Güte. Wir sind da. Bist du bereit? Nervös? Brauchst du etwas Schokolade?"

„Daniela, zum hundertsten Mal. Ich bin nicht nervös."

„Entschuldige. Ich wollte nur fragen."

Ich stieg aus dem Auto und Daniela kontrollierte den Rucksack, den ich trug, um sicherzugehen, dass ich alles eingepackt hatte. Sie überprüfte ihn bereits das zweite Mal.

„Kann ich jetzt gehen?"

„Ja, klar. Ähm, weißt du, wo es ist? Hast du gestern Abend geübt, wie du reagierst, wenn man dich begrüßt? Hast du ..."

„Mach's gut, Danny. Ich liebe dich", sagte ich, als ich ging. Ich joggte fast von ihr weg, damit sie nicht zu mir läuft und fragt, ob ich wirklich alles eingepackt habe. Ich liebe Daniela sehr, aber manchmal ist sie eine Verrückte.

Ich wartete in der Vorgangshalle, die mir gezeigt wurden, bis jemand meinen Namen rief. „Mona Caslano, komm bitte mit mir,", sagte eine Frau, etwa fünfzig Jahre alt, mit langen braunen Haaren und sonnengebräunter Haut.

„Mein Name ist Morana", korrigierte ich sie.

„Das ist ein neuer Name für mich", sagte die Dame mit einem nervösen Lächeln. Sie hatte Angst, mich mit ihren Worten in Verlegenheit zu bringen, und legte ihren Arm um meine Schultern, als wir zu einem leeren Klassenzimmer gingen.

„Wo sind die Schüler?", fragte ich.

„Oh, die sind heute nicht in der Schule. Wir dachten, es wäre einfacher für dich, wenn du an deinem ersten Tag nicht unter Menschen bist. Kinder können manchmal unmöglich sein, deshalb wollten wir dich vor ihren Kommentaren und allem, was sie sagen könnten, schützen."

Ich konnte schon den Schmerz in Danielas Augen sehen, als ich ihr sagte, dass ich keine Freunde gefunden hatte, weil niemand da war, mit dem ich mich anfreunden konnte.

„Wissen denn alle Kinder, was mit mir passiert ist?", fragte ich. Ich wollte nicht, dass es jemand erfährt. Ich wollte sie nicht mit dem traumatisieren, was mir und meinem Vater passiert ist. Es ist besser, nichts zu sagen, als alles zu sagen und es dann hinterher zu bereuen.

„Nein, das tun sie nicht. Ich meine, ihre Eltern natürlich schon. Als ich den Schülern von einer neuen Klassenkameradin erzählte, schienen sie sich zu freuen und wussten nicht, wer du bist, als ich deinen Namen erwähnte. Und ich möchte, dass du weißt, dass diese Schule ein sicherer Ort für dich sein wird. Wenn dich also irgendetwas oder irgendjemand stört, möchte ich, dass du es mir sagst."

„Okay, sicher. Wie heißt du noch mal?" Mir fiel auf, dass sie mir gar nicht gesagt hatte, wie sie heißt.

„Oh, pardon, mein Fehler. Mein Name ist Frau Lucce. Du kannst mich aber auch die beste Schuldirektorin ganz Italiens nennen."

Das war der erste und wahrscheinlich schlechteste Lehrerwitz, den ich je gehört hatte. Um ihr kein schlechtes Gewissen zu machen, nickte ich und täuschte ein Lächeln vor.

Sie zeigte mir, wo ich Platz nehmen sollte. Als ich mich hinsetzte, gab sie mir einen Block Papier. Zuerst war ich sehr verwirrt.

„Was soll ich denn damit machen?"

„Ich werde dir jetzt ein paar willkürliche Fragen stellen und du musst sie nur mit Ja oder Nein beantworten. Und wenn es etwas gibt, dass du nicht mit Ja oder Nein beantworten kannst, schreibe es in deinen eigenen Worten auf. Bist du bereit?"

„Okay. Ich meine, ja."

Sie begann zu lachen. „Ich mag dich jetzt schon, Mona."

„Morana".

„Oje, tut mir leid."

Ich lächelte nur, um sie wissen zu lassen, dass es keine große Sache war.

„... Und die letzte Frage ist, wie viele Stunden dauert es, bis sich die Erde einmal komplett um sich selbst gedreht hat?"

Ich schrieb die Antwort auf. Ich hatte schon das Gefühl, dass ich alles wusste. Das lag nicht nur daran, dass es einfache Fragen waren. Der Test dauerte etwa fünfzig Minuten, und sie stellte dreißig zufällige Fragen. Aus irgendeinem Grund sollte das meine Intelligenz zeigen, obwohl ich denke, dass man anhand von Fragen, die sich jemand anderes ausgedacht hat, nicht erkennen kann, ob jemand intelligent ist. Meiner Meinung nach zeigt sich Intelligenz daran, wie man im Laufe des Tages mit schwierigen Situationen umgeht. Aber leider bin ich kein Lehrer und mich fragt ja niemand.

„Ich werde deine Antworten jetzt korrigieren. Danke, dass du den Test gemacht hast. In ein paar Stunden werde ich dir und deiner Mutter mitteilen können, in welche Klasse du eingestuft wirst. Du kannst jetzt nach Hause gehen. Oh, schau mal, ich kann deine Mutter schon draußen vor dem Fenster sehen, ich glaube, sie wartet auf dich."

„Sie ist nicht meine Mutter, aber ja, ich glaube, sie ist es." Daniela stand schon seit einer Viertelstunde da. Und ich bin mir sicher, dass ihre Fingernägel vor lauter nervosität schon ganz weg waren. Sie biss immer auf den Fingernägeln rum, wenn sie nervös war oder etwas nicht nach ihren Vorstellungen verlief. Ich habe auch an den Fingernägeln rumgeknabbert, aber Oliver meinte, ich sähe hässlich aus, wenn ich das täte, also habe ich damit aufgehört.

„Auf Wiedersehen, Frau Lucce!"

„Auf Wiedersehen, Mona. Ich hoffe, wir sehen uns am Mittwoch in einer meiner Klassen!"

„Morana".

Als ich zur Tür hinausging, hörte ich, wie sie sich dafür entschuldigte, dass sie meinen Namen schon wieder falsch aussprach. Ich nehme es nie übel, wenn man meinen Namen falsch ausspricht. Ich mag ihn auch nicht. Keiner will Tod genannt werden.

„Erzähl mir alles. Wie heißen deine neuen Freunde? Sind sie nett? Wie ist der Test gelaufen? Hast du bestanden oder bist du durchgefallen? Oh nein, bitte sag mir nicht, dass du durchgefallen bist. Bist du?"

Daniela atmete nicht ein einziges Mal, während wir zum Auto gingen. Ich sagte ihr, dass ich ihr alles erzählen würde, sobald wir uns ins Auto gesetzt hätten, ich wollte nicht, dass sie auf der Stelle zusammenbricht.

„Wir sind jetzt drin. Sag es mir!"

„Okay. Also, zunächst einmal habe ich keine Freunde gefunden, weil niemand da war, mit dem ich mich anfreunden konnte. Frau Lucce hat gesagt, dass sie den Schülern gesagt haben, dass sie den Nachmittag frei nehmen sollen, damit sie mich an meinem ersten Tag hier nicht stören. Frau Lucce war sehr nett, aber sie hat meinen Namen jedes Mal falsch ausgesprochen. Und die Prüfung war eigentlich sehr einfach. Es war gar nicht so schwer, sie zu bestehen."

„Oh, das mit den Freunden tut mir leid für dich, aber diese Prüfung ist überhaupt nicht leicht. Die Hälfte meiner Klasse hatte sie nicht bestanden, als wir in deinem Alter waren. Ich bin mir nicht sicher, ob ich sie heute überhaupt noch bestehen würde. Sie haben uns gesagt, dass er super-einfach sein würde, nur Ja- oder Nein-Fragen. Aber sie haben nicht gesagt, dass sie fragen würden, wann Kolumbus geboren wurde oder sonst was schräges? Ernsthaft, wofür ist diese Frage überhaupt gut?"

„Ich weiß es eigentlich nicht. Aber als sie gefragt hat, ob er wirklich in den 40er-Jahren geboren wurde, musste ich nicht einmal groß darüber nachdenken."

„Du meinst also, du hast es richtig erraten? Du weißt nicht einmal, wer Kolumbus ist, oder?"

„Ich weiß es nicht, aber er klingt alt. Also, wenn die Antwort Nein ist, dann habe ich recht."

„Hättest du es richtig erraten?"

„Nein, hätte ich nicht! Ich hab wahrscheinlich gedacht, Kolumbus wäre unser Lehrer und es sollte ein Scherz sein. Egal, ich habe es trotzdem geschafft. Deine Mutter hatte übrigens auch bestanden. Mit 98 %. Dein Vater hat auch bestanden, aber nur mit 51 %. Du bist wirklich wie deine Mama. Unglaublich."

Da war es wieder. Das Gefühl, das ich hatte, wenn meine Mutter in jedem Satz auftauchte. Jetzt wünschte ich mir, dass ich nur 50 % richtig gehabt hätte. Dann wäre ich nämlich wie Oliver, mein Vater, den ich immer noch vermisste. Jeden Tag ein bisschen mehr. Ich hatte es wirklich geglaubt, als Daniela sagte, dass ich ihn in ein paar Tagen nicht mehr vermissen würde. Aber ich begann ihn jeden Tag mehr zu vermissen.

Als wir wieder zu Hause ankamen, bestellten wir Pizza, weil Daniela zu faul zum Kochen war. Und dann kam mir plötzlich ein Gedanke.

„Was machst du eigentlich beruflich? Ich meine, was ist dein Job?"

„Ach, das weißt du noch nicht?" Ich schüttelte den Kopf. Ich glaube, sie fühlte sich komisch, weil sie es mir noch nicht gesagt hatte.

„Ich arbeite in einer Buchhandlung in der Stadt die unter anderem mir gehört. Aber vor etwa zwei Jahren haben wir dort auch ein Café eingerichtet. Jetzt ist es also eine Buchhandlung mit Café und wir verkaufen auch Blumen."

„Klingt cool."

„Ist es auch. Und ich liebe es, den ganzen Klatsch und Tratsch der Jugendlichen zu hören, die dorthin kommen. Jeden Sommer veranstalten wir an den Wochenenden auch ein paar kostenlose Partys. Die meisten Teenager kommen dorthin, um sich zu unterhalten, und dann gehen sie ins Meer schwimmen, es ist ja nur ein paar Meter vom Laden entfernt. Das ist wirklich interessant. Ich kann es kaum erwarten, bis du erwachsen bist und mit deinen Freunden auch kommst."

Ich lächelte sie an und sagte ihr, dass ich dafür sorgen würde, dass wir jedes Wochenende zum Feiern kommen würden. Wer wir sein würden, wusste ich damals noch nicht. Ich sagte es nur, damit es nicht so einsam klang, als wenn ich einfach sagen würde, dass ich kommen würde.

Während wir auf dem Sofa unsere Pizza aßen und fernsahen, klingelte das Handy. Daniela rannte zum Telefon und als ich eine Stimme hörte, die etwas sagte, fing sie an zu schreien.

„MIT 100 % BESTANDEN?!" Da wusste ich, dass ich die Prüfung bestanden hatte. Aber es war nichts, worüber ich mich freuen konnte, ich hätte auch damit leben können, wenn ich sie nicht bestanden hätte.

Sie legte auf, rannte zu mir und umarmte mich ganz fest. „Ich bin so stolz auf dich, Schatz. Deine Mutter ist es sicher auch!"

Ja, da bin ich mir sicher. Aber was macht das schon, wenn Oliver nicht auch stolz auf mich ist?

KAPITEL DREIZEHN

Der erste Schultag kam, und ich hatte jetzt schon keinerlei Motivation, jeden einzelnen Tag zur Schule zu gehen. Ich dachte immer, dass ich eines Tages gerne zur Schule gehen würde, aber es stellte sich heraus, dass es nicht so war. Daniela sorgte dafür, dass alles in Ordnung war, wenn ich dort bin. Sie packte mein Pausenbrot ein und machte Kekse für alle in meiner Klasse. Sie sagte, dass dies eine gute Methode wäre, um Freunde zu finden.

„Wir werden zu Fuß zur Schule gehen. Du musst den Weg selbst kennenlernen." Nicht, dass ich ihn nicht schon kennen würde. Wir waren den gleichen Weg schon mindestens hundert Mal gegangen.

Während wir liefen, sah ich einige andere Schüler mit ihren Eltern, die ebenfalls zur Schule gingen. Daniela kannte viele von ihnen und grüßte jeden. Ich glaube, sie wusste, dass sie alle ihre Freunde dort sehen würde, deshalb waren wir schon eine halbe Stunde vor Schulbeginn vor dem Schulhaus.

Während sie mit allen Eltern sprach, starrten die Kinder und ich uns nur an. Die peinliche Stille war laut.

„Ich habe gehört, was mit dem kleinen Mädchen passiert ist. Es tut mir so leid für dich, Monika", sagte eine der Frauen.

„Morana". Warum konnte nicht wenigstens einer meinen Namen richtig aussprechen?

„Oh, mein Fehler, Schatz. Tut mir leid, Morana."

Das Letzte, was ich an meinem ersten Schultag brauchte, war das Mitleid der fremden Leute. Sie mussten kein Mitleid mit mir haben. Natürlich war ich dankbar dafür, dass sie mir ihre Liebe zeigen wollten. Aber als alle Eltern zu mir kamen und mir sagten, dass es ihnen leidtat, was passiert war, fühlte ich mich noch schlechter. Nicht, weil sie es erwähnten, sondern weil ihre Kinder nie das durchmachen mussten, was ich durchmachen musste. Ich sah mir all die Kinder an, die glücklich mit ihren Vätern und Müttern neben ihnen saßen, und wurde sofort neidisch. Ich hatte das alles nicht. Was alles noch schlimmer machte, war, dass ich Oliver mit jedem Kind, das neben seinem Vater lief, ein bisschen mehr vermisste.

„Viel Spaß, Morana. Ich liebe dich, und vergiss nicht, die Kekse an alle zu verteilen. Auch an die gemeinen Kinder!", schrie Daniela mir hinterher, als ich zur Schultür ging.

Als ich hineinging, betete ich für das Beste, was auch immer das sein sollte.

Das Erste, was ich sah, war eine Gruppe von Mädchen, die vor der Klassenzimmertür standen.

„Du bist also die Neue, von der alle reden. Hat dich dein Vater hierher gebracht? Oder nein, deine Mutter?", sagte die in der Mitte zu mir mit einer herablassenden Stimme. Sie war größer als ich und hatte blonde Haare, heller als meine, mit einer rosa Haarspange darin. Innerlich weinte ich. Nach außen hin versuchte ich, keine Gefühle zu zeigen. Ich tat es für Daniela. Ihr Herz würde in Millionen Stücke brechen, wenn sie erfahren würde, was in den ersten fünf Minuten in der Schule passiert war.

„Danke der Nachfrage, aber keiner von ihnen hat mich hergebracht. Das war meine Tante Daniela. Hast du sonst noch Fragen?" Das kam selbstbewusster rüber, als ich es war. Um ehrlich zu sein, war ich überhaupt nicht selbstbewusst, aber ich hatte von meinem Vater gelernt, dass sie immer mehr auf dir herumhacken, wenn du Schwäche zeigst. Jedes Mal, wenn Oliver sich über mich lustig machte und ich anfing zu weinen, tat er es wieder und wieder. Dadurch fühlte er sich stärker als ich.

„Ich sehe, das kleine Drogenmädchen ist nicht so arm und süß, wie die Leute denken. Kommt Mädels, lasst uns reingehen."

Alle drei gingen hinein. Nachdem sie das gesagt hatte, sagte ich nichts zu ihnen, weil ich kein Drama anfangen wollte, und so ging ich hinter ihnen her ins Klassenzimmer.

„Kinder, wie ihr vielleicht schon gehört habt, haben wir eine neue Schülerin in unserer Klasse. Ihr Name ist Morana." Ich dankte Gott, dass Frau Lucce mich nicht wieder in Verlegenheit brachte, indem sie meinen Namen falsch aussprach. Ich war froh, dass sie ihn gelernt hatte, nachdem sie mich am Montag die ganze Zeit Mona genannt hatte.

Alle im Klassenzimmer starrten mich an, und die drei Mädchen fingen wieder an zu kichern. Ich sah mich um, um einen Platz zu finden, aber Frau Lucce hielt mich auf und sprach weiter: „Morana, möchtest du uns etwas über dich erzählen? Zum Beispiel, was dein Lieblingstier ist, deine Lieblingsfarbe und all diese kleinen Dinge." Verdammt noch mal. Warum musste ich das tun? Aber ich tat mein Bestes, um nicht gleich in Tränen auszubrechen, und fing einfach an zu erzählen.

„Also, mein Name ist Morana und ich bin sechs Jahre alt. Ich habe weder ein Lieblingstier noch eine Lieblingsfarbe. Ich liebe sie alle." Die Mädchen lachten jetzt noch lauter.

Moony, eines kann ich dir über diese Mädchen sagen: Es ist besser, ausgelacht zu werden, als über Menschen zu lachen. Egal, wie sehr es einem wehtut, wenn sie es tun.

„Nancy, du bist unhöflich! Raus aus dem Klassenzimmer, sofort. Und die anderen hören auf, sich wie Nancys Schoßhündchen zu benehmen und alles nachzumachen, was sie tut", sagte Frau Lucce. Nancy ging zur Tür, öffnete sie, und bevor sie hinausging, warf sie mir einen bösen Blick zu. Genau so, als hätte ich ihr etwas angetan. Frau Lucce hatte wirklich recht. Als sie aus dem Klassenzimmer war, hörten die anderen Mädchen, die Julia und Claudia hießen, nämlich auf, mich auszulachen.

„Morana, du kannst dir aussuchen, wo du für den Rest des Jahres sitzen willst." Es war ein Platz neben Gianluca frei. Ich fand später heraus, dass Julia und Gianluca Zwillinge sind, aber wie ich schon sagte, Zwillinge können manchmal sehr unterschiedlich sein.

Die erste Stunde, die wir hatten, war Geschichte, und es fiel mir leicht, mit ihnen mitzuhalten. Wie du weißt, waren sie drei Wochen vor mir eingeschult worden.

Es stellte sich heraus, dass Gianluca und ich am besten als Sitznachbarn zueinander passten. Er war nicht wirklich gut in Fächern, in denen man viel Grips braucht wie Mathe, Geografie, Geschichte und Italienisch. Aber dafür war ich in kreativen Fächern wie Kunst oder Musik nicht gut. Wir freundeten uns gleich am ersten Tag an.

In der 10-Uhr-Pause traf ich mich mit allen Jungs aus meiner Klasse. Wir mochten uns alle von der ersten Minute an.

Mit den Mädchen kam ich nicht gut zurecht. Nicht, dass ich sie nicht mochte oder dass sie alle unhöflich zu mir waren, wie die drei Hühner (so nannten die Jungs und ich sie). Es war eher so, dass ich nicht so sehr ein Mädchen sein wollte und mich nicht für Dinge wie Mode oder Prinzessinnen interessierte. Ich liebte es, mit den Jungs Fußball zu spielen und mich mit ihnen zu prügeln. Ich glaubte immer, dass Oliver stolz auf mich sein würde, wenn er jemals zu mir zurückkäme, um mir zu sagen, dass es ihm leid tut.

„Du bist das coolste Mädchen, das wir je getroffen haben. Du bist nicht wie die drei Hühner oder die anderen Mädchen in der Klasse. Du bist genau wie wir", sagte Gabriel. Es machte mich sehr glücklich, das zu hören.

Während der ganzen Pause aßen wir alle Kekse, die Daniela mir mitgegeben hatte, aber wir waren uns einig, sie nicht mit den blöden Kindern zu teilen.

„Also, ich denke, wir sehen uns morgen früh", sagte Gianluca, während er seine Sachen wieder in seinen Rucksack packte. „Ich schätze, das werden wir." Ich schenkte ihm ein breites Lächeln.

Als die Glocke läutete, rannten wir alle vor die Schultür. Ich sah Daniela neben ihrem Auto stehen und winkte den Jungs zum Abschied zu. Sie liefen alle zusammen nach Hause, während ich zu Danielas Auto ging. Sie umarmte mich, küsste mich auf die Stirn und wir stiegen ins Auto. Ich konnte nicht einmal bis drei zählen, als sie anfing, mich über alles auszufragen. „Wie ist es gelaufen? Hast du ein paar neue Freunde gefunden? Wie geht es ihnen? Waren die Kekse gut?"

Ich begann zu kichern. Sie war sehr witzig, wenn sie nervös war, und das war sie oft. „Worüber lachst du? Was ist so lustig?", fragte sie.

„Du bist es", sagte ich und lachte.

„Hahaha. Und jetzt sag es mir, ich habe keine Zeit für so etwas. Ich warte schon seit fünf Stunden!"

Ich wollte sie nicht weiter hinhalten, weil ich Angst hatte, dass sie in den nächsten Sekunden explodieren würde, wenn ich es ihr nicht erzählte.

„Ich habe ein paar neue Freunde gefunden. Frau Lucce sagte mir, ich solle mich neben Gianluca setzen, was ich auch tat. Nach der ersten Stunde stellte sich heraus, dass wir als Lernpartner perfekt zusammenpassen. Ich bin gut darin, mein Gehirn zu benutzen, und er ist gut darin, kreative Dinge zu tun. In der 10-Uhr-Pause sagten die anderen Jungen aus der Klasse, die bereits mit Gianluca befreundet waren, ich solle die Pause mit ihnen verbringen. Gianluca hat das natürlich auch gesagt.

Ihre Namen sind Gianluca, Gabriel, Franco und Leonardo. Wir haben über all unsere Interessen gesprochen und sie haben nicht einmal etwas über meinen Vater oder meine Vergangenheit gesagt oder gefragt. Es war, als ob es sie nicht interessierte, was mit mir passiert ist. Stattdessen fragten sie nach mir und danach, was ich gerne mache." Daniela schaute mich glücklich und verwirrt zugleich an. „Was ist mit den Mädchen? Haben sie nicht mit dir gesprochen oder waren sie unhöflich?"

„Nicht alle waren unhöflich zu mir, nur diese drei Mädchen, die wir die Hühner nennen. Die anderen Mädchen sind auch nett, aber ich bin keine Person, die sich für diesen ganzen „Mädchenkram" interessiert. Übrigens haben wir alle deine Kekse in der Pause aufgegessen. Sie haben wie immer super geschmeckt."

„Oh, okay. Ich bin froh, dass du Freunde gefunden hast, mit denen du dich gut verstehst." Sie lächelte mich an, nahm meine Hand und drückte sie ein wenig, das macht sie, wenn sie stolz auf mich ist.

Daniela sagte, wenn sie mir jedes Mal sagen würde, dass sie stolz auf mich ist, würde das Wort „Stolz" seinen Wert verlieren. Genauso, wie wenn man das Wort „Liebe" zu oft benutzt. Man würde anfangen, es zu sagen, weil es zur Gewohn-heit geworden ist, es immer wieder und zu allem zu sagen, aber dann meint man es nicht mehr wirklich so.

Zu Hause aßen wir Frikadellen mit Kartoffelpüree und To-matensuppe. Nach dem Essen ging ich zu den Nachbarn und spielte mit ihrem Hund und ihren Katzen, bis es draußen dun-kel wurde und ich nach Hause gehen musste, weil von nun an die Schultage meine neue Routine werden sollten.

KAPITEL VIERZEHN

In den ersten zwei Monaten meiner Schulzeit blieb alles beim Alten. Ich hing mit meiner Freundesgruppe ab und die Hühner machten sich ohne jeden Grund über mich lustig. Das Einzige, was sich änderte, war, dass ich Daniela sagte, dass ich mit den Jungs von der Schule nach Hause gehen möchte, damit sie mich nicht mehr in ihrer freien Mittagspause abholen musste. Sie stimmte dem mit einem traurigen Gesicht zu, aber ich wusste, dass sie auch ein wenig froh darüber war, dass sie endlich ihr Sandwich auf der Arbeit essen konnte und nicht mehr in Eile, unterwegs im Auto.

Draußen wurde es immer kälter, denn es war schon Ende November. Die Tage wurden kürzer, die Nächte länger.

Gabriel wollte, dass wir alle fünf bei ihm übernachteten, aber seine Mutter erlaubte es keinem Mädchen, zu ihm zu kommen und zu übernachten, und das fand ich nicht nett. Nicht nur, dass ich bei der Übernachtung nicht dabei sein konnte, sondern den Grund dafür.

Je mehr ich Oliver vermisste, desto mehr hasste ich mich dafür, dass ich das Mädchen war, das er nie wollte. Ich begann zu begreifen, dass es eigentlich meine Schuld war. Ich war der Grund für den Tod meiner Mutter, und damit hatte ich auch meinen Vater ermordet. Nur, dass ich die Chance hatte, meinen Vater zurückzubringen. Ich musste seinen Erwartungen gerecht werden, damit er eines Tages, wenn er mich sah, für immer zurückkam und wir eine glückliche Vater-Tochter-Beziehung führen konnten.

„Daniela, können wir bitte einkaufen gehen?", fragte ich sie an einem Samstagmorgen. Ich erinnere mich an diesen Tag, denn es war der erste Tag, an dem es draußen schneite. Daniela sagte, es sei komisch, dass es im November schneite, aber sie freute sich darüber.

„Sicher können wir das. Ich muss sowieso noch eine Menge Dinge für meinen Geburtstag nächste Woche einkaufen, alle meine Freunde werden bei uns zu Hause sein. Und nicht, dass ich sie eingeladen hätte, aber alle unsere Nachbarn kommen auch. Übrigens, warum willst du eigentlich einkaufen gehen? Du hasst Einkaufen."

„Ich weiß, aber ich will nach ein paar Dingen Ausschau halten."

Und das war es. Ich ging immer noch nicht gerne einkaufen, aber ich musste die ganzen Mädchenkleider loswerden, die Daniela mir gekauft hatte. Außerdem hatte ich vergessen, dass sie in einer Woche Geburtstag hatte, was auch Olivers Geburtstag war. Wir feierten seinen Geburtstag nie zusammen. Er ging immer in Bars, weil er dort Freibier bekam, nicht, dass er nicht genug Geld gehabt hätte.

Kurz darauf gingen wir ins Einkaufszentrum. Zuerst kaufte Daniela eine Menge Dekorationmaterial und Essen ein.

Moony, wir mussten eine Menge kaufen. Der Einkaufswagen war so überfüllt, dass wir einen neuen nehmen mussten. Daniela sagte, dass dies die übliche Menge an Dingen sei, die sie zu Geburtstagen kauft, also war es für sie nichts Besonderes, so wie es das für mich war. „Willst du auch etwas für Oliver kaufen? Wir könnten ins Gefängnis gehen und es ihm geben. Ich bin sicher, er ist dort allein."

„Auf keinen Fall werde ich jemals wieder einen Penny für ihn ausgeben. Und, bei allem Respekt, es ist mir egal, ob er allein ist oder nicht", antwortete sie.

Ich denke, die Antwort war klar. Ich fragte nicht, damit er etwas zu seinem Geburtstag bekommt, sondern weil ich eine Möglichkeit brauchte, ihn zu sehen.

„Okay. Es ist nur so, dass ich mich irgendwie schlecht fühle, wenn er an seinem Geburtstag alleine ist."

„Was kümmert dich das? War er an irgendeinem deiner Geburtstage da?" Jetzt wurde sie ein wenig wütend auf mich oder sie war wütend auf ihn, ich wusste es nicht. Sie flüsterte an der Kasse vor sich hin. Ich wollte sie beruhigen und sagte, dass ich mich schlecht fühlte, weil er an keinem seiner Geburtstage allein war. Sie sagte nichts und nickte nur, um zu zeigen, dass sie verstanden hatte.

Nachdem sie bezahlt hatte, gingen wir zum Auto und brachten die Sachen in den Kofferraum.

„Wo willst du als Nächstes hin?"

„Ich möchte neue Kleider kaufen. Ich glaube, die anderen passen mir nicht mehr so gut."

„Hast du zu viele Kekse gegessen?" Wir fingen beide an zu lachen.

„Nein, nicht auf diese Weise. Ich möchte andere Sachen tragen." Sie sagte nur, dass das in Ordnung sei, und so gingen wir in den Kleiderladen.

Daniela ging nach links, wo die Mädchenabteilung war, und ich nach rechts, um in die Jungenabteilung zu gehen. Sie sah mich nur an, nicht wirklich überrascht, aber verwirrt, und ging mir nach.

Sie war nie ein Mensch, der sich viel aus den Geschlechterrollen machte. Das Einzige, worüber sie traurig war, war, dass sie Kleider liebte und mich gerne in ihnen sah. Aber wenn ich mich in ihnen nicht wohlfühlte, sagte sie, konnte und würde sie das verstehen. Nicht jeder möchte sich so kleiden, wie es von uns erwartet wird, und sie ließ sich darauf ein.

Wir kamen mit allem außer Mädchenkleidung nach Hause. Wir kauften wirklich viel ein, denn Daniela steckte alles in ihre Tasche, was ich gut fand.

„Wenn du deine anderen Kleider nicht mehr behalten willst, könnte ich sie unserer Nachbarin Betty geben. Du weißt schon, die Frau, die vor ein paar Tagen ihr kleines Mädchen zur Welt gebracht hat. Ich glaube, sie würde sich darüber freuen." Ich stimmte zu. Ich brauchte es nicht mehr, warum sollte ich es also nicht jemandem geben, der es braucht? Ich mochte Betty wirklich. Sie war eine der ruhigen Nachbarinnen, was ein guter Ausgleich zu den wirklich lauten war.

Daniela machte uns Mittagessen und ging wieder in das Buchladen-Café. Seit dem Schulanfang brachte sie mir jede

Woche ein Buch mit nach Hause, damit ich besser lesen lernte. Ich konnte schon gut lesen, aber Daniela sagte immer, dass man nie gut genug ist, und das stimmt auch.

Wenn sie um 20 Uhr von der Arbeit zurückkam, hatte sie schon etwas zu essen für uns in der Bäckerei gekauft. Ich war gerne bei dem alten Ehepaar bis sie nach Hause kam, aber unsere Abendessen habe ich geliebt. Ich fand es toll, als sie uns an diesem Abend das beste Speckbrot aller Zeiten mitbrachte. Es war so weich, dass man nicht einmal mehr Butter brauchte.

Während wir aßen, hielt ich den Moment für gekommen, um ihr zu sagen, dass ich in der Fußballmannschaft meiner Freunde mitspielen wollte. Sie gingen jeden Mittwochnachmittag dorthin und in jeder Pause sprachen sie darüber. Leonardo sagte mir, ich solle Daniela bitten, mich anzumelden, was ich auch tun wollte.

„Kann ich dich etwas fragen?"

„Das kannst du immer."

„Also, alle meine Freunde sind in der Fußballmannschaft, also möchte ich dich fragen, ob ich auch mitmachen kann. Ich liebe es, in meiner Freizeit mit ihnen Fußball zu spielen, also bitte Zia, bitte!" Ich machte den besten Hundeblick, den ich konnte. Sie lächelte und nahm einen Schluck von ihrem Apfelsaft.

„Ich habe nur darauf gewartet, dass du mich das fragst. Klar kannst du, Schatz. Ich rufe am Montag den Trainer der Fußballmannschaft an, damit er dich einschreiben kann. Er ist doch dein Sportlehrer, oder?"

„Ja, das ist er. Und wenn ich ehrlich bin, hat er mich schon gefragt, ob ich mit ihnen in einer Mannschaft spielen will. Er hat gesagt, dass ich sehr gut in Sport bin."

„Du Dummerchen, du. Gut, ich werde ihn am Montag anrufen."

Ich umarmte sie und bedankte mich. Jetzt, wo ich in die Fußballmannschaft kommen würde, meine neuen Klamotten bekommen hatte und all das, wurde ich immer mehr zu dem Menschen, den mein Vater liebte.

Wie Daniela versprochen hatte, rief sie den Trainer an und sagte ihm, dass ich mitmachen wolle. Natürlich sagte er, dass er froh sei, dass ich jetzt dabei bin. Er sagte mir einmal, dass er in Tränen ausbrechen würde, wenn ich nicht in sein Team kommen würde, aber ich glaube, das war ein bisschen zu dramatisch. Von diesem Tag an ging ich jeden Mittwoch mit meinen allerbesten Freunden zum Fußballtraining und hatte dort eine Menge Spaß.

KAPITEL FÜNFZEHN

Es fühlte sich langsam wieder wie Sommer an. Auch wenn es erst Mai war, wurde es schon richtig heiß.

Fußball wurde zu meiner neuen Leidenschaft. Ich liebte es, jeden Mittwoch zum Training zu gehen und dann samstags gegen die anderen Mannschaften anzutreten.

Eines der besten Dinge, die mir passierten, war, als mein Trainer Daniela anrief und sagte, dass meine Haare zu lang seien, um zu spielen. Besonders im Sommer würden sie mich bei der Hitze nur stören. Zuerst sagte sie, dass sie es hochbinden könnte, aber ich war einverstanden, es abzuschneiden. Zuerst wollte sie es nicht abschneiden, weil ich die gleichen dunkelblonden Haare wie meine Mutter hatte. Das war also ein Grund mehr für mich, sie doch abzuschneiden.

Als wir zum Friseur gingen und die Dame sie abschnitt, hatte ich einen kleinen Funken des Bedauerns im Kopf. Was, wenn meine Mutter mich von dort oben beobachtete und enttäuscht von mir war? Was, wenn sie ihr Haar und meines liebte? Aber dann erinnerte ich mich wieder daran, dass ich nichts bereuen kann, von dem ich nie erfahren werde, wie es ist. Meine Mutter kann mir nicht mehr sagen, ob es ihr gefallen hat oder nicht. Ich kann nur Olivers Meinung dazu hören.

„Du siehst jetzt aus wie ein süßer kleiner Pilz", sagte Daniela, als wir aus dem Friseursalon kamen. Ich hatte mir etwa 30 cm meiner Haare abschneiden lassen, und nun waren sie wirklich kurz. Genau wie die Haare von Franco.

Am ersten Tag, an dem ich mit meinen neuen Haaren in die Schule ging, lachten mich die Hühner aus. „Es sind nicht mehr die Jungs und Morana, es sind jetzt offiziell nur noch die Jungs." Aber ihre Meinung störte mich nicht mehr so sehr wie früher. Solange ich mich in meiner eigenen Haut wohlfühlte, war mir ihre Meinung egal.

Die Jungs sagten, ich sähe umwerfend aus und dass ich wirklich wie ein Junge aussähe. Für sie war es nämlich egal, wie ich aussah. Wir versprachen uns gegenseitig, für immer und ewig Freunde zu bleiben.

„Ich glaube, ich muss euch etwas sagen", meinte Gabriel nach unserem großen Spiel am Samstag. Daniela wartete schon im Auto auf mich wie jede Woche. Sie ist definitiv mein größter Fan.

„Was ist denn los?", fragten wir ihn alle. Gabriel gehörte zu den Menschen, die anfangen zu weinen, wenn eine Fliege stirbt. Also begann er auch an diesem Tag zu weinen an.

„Meine, meine Eltern … sie wollen Italien verlassen und nach Österreich ziehen, wo die anderen Geschwister meiner Mutter leben. Ich habe ihnen gesagt, dass ich hier bei euch bleiben will, aber das ist ihnen egal. Wir werden diesen Sommer nach den Sommerferien abreisen. Es tut mir leid, Kumpels."

Diese Nachricht brach unsere Herzen. Gabriel war unser bester Freund, und wir wussten, dass wir ihn nicht allein lassen konnten. Aber egal, was wir taten, um ihn zum Bleiben zu bewegen, er würde trotzdem gehen müssen. Wir sprachen sogar mit seinen Eltern und flehten sie an, ihn bleiben zu lassen. Ich sagte ihnen, dass es für meine Tante völlig in Ordnung wäre, wenn er bei mir wohnen würde, denn ich wünschte mir immer einen Bruder, mit dem ich zusammen sein konnte. Aber es war ihnen egal, wie wichtig er für uns als Freund und als Familienmitglied war.

Von diesem Tag an versprachen wir Gabriel, jedes Spiel zu gewinnen, das wir spielten, und das taten wir auch. Als die Schule endlich zu Ende war und die Sommerferien begannen, setzten wir alles daran, jede freie Minute zu fünft zu verbringen. Daniela begann, meine Freunde genauso zu lieben wie ich, und als sie hörte, dass Gabriel nach den Sommerferien weggehen würde, hatte sie eine Idee.

„Wie wäre es, wenn ich dich und deine kleinen Freunde nächste Woche für drei Tage an den Strand fahre? Eine alte

Freundin von mir hat ein Haus am Meer, wo wir alle unterkommen könnten. Natürlich nur, wenn ihr das wollt. Ich könnte sie anrufen und fragen, ob es für sie in Ordnung ist, aber ich bin sicher, dass es so sein wird."

An diesem Tag liebte ich Daniela noch mehr, als ich es ohnehin schon tat, falls das überhaupt möglich war. Ich war noch nie an diesem Strand gewesen. Natürlich sagte ich ihr, dass mir die Idee, dorthin zu fahren, gefiel. Ich rief alle Jungs an und erzählte ihnen von der Idee, und alle waren damit einverstanden, sogar Gabriels strenge Eltern.

Wir trafen uns, nachdem Daniela ihre Freundin angerufen hatte, die zugesagt hatte, und gingen zum Fußballspielen in Gianlucas Hinterhof. Was mir bei Gianluca nicht gefiel, war, dass wir die Hühner dort sehen mussten, denn wie du weißt, sind Julia und Gianluca Geschwister. Zwillinge, um genau zu sein. Es war immer eine Art Kampf zwischen uns. Sie machten Bemerkungen über uns, und wir machten Bemerkungen über sie. Meistens war es Nancy, die zuerst auf uns herumhackte oder besser gesagt auf mir. Es war, als ob die anderen uns nicht wirklich hassen wollten, aber sie taten es um Nancy zu gefallen. Einmal erzählte Gianluca mir sogar, dass Julia ihm eines Abends sagte, dass sie uns gar nicht so sehr hasst, wie sie es in der Schule zeigt. Aber er fragte nicht weiter wie sie das meint.

Als wir endlich ins Auto stiegen, um an den Strand zu fahren, waren wir alle aufgeregter als je zuvor, wie wenn wir in den Urlaub fahren würden. Um ehrlich zu sein, waren es auch so ziemlich meine ersten Ferien, in die ich fahren würde. Daniela packte für die drei Tage, die wir dort sein würden, fünf Taschen voll mit allem, was man ihrer Meinung nach brauchen könnte, sogar für verschiedene medizinische Behandlungen.

„Als ob wir beim Schwimmen im Meerwasser ertrinken würden", sagte Gianluca, als er die Tüten sah.

„Du wirst schon sehen. Ich würde mich nicht über solche Dinge lustig machen, das passiert sehr oft, junger Mann." Wir fingen alle an zu lachen, weil der Gedanke, im Wasser zu ertrinken, ziemlich lustig war.

Jetzt ein kleiner Spoiler, Moony, Gianluca war der Erste, der fast im Wasser ertrunken wäre. Und als wir darüber lachten, floss das Wasser auch in unsere Münder bis wir würgen mussten. Daniela musste uns alle gleichzeitig aus dem Wasser ziehen, aber Gott sei Dank ist alles gut ausgegangen.

Die Fahrt hat ein paar Stunden gedauert. Ich saß im umgebauten Kofferraum, Gianluca, Franco und Leonardo saßen auf den mittleren Sitzen und Daniela und Gabriel vorne. Wir schliefen alle kurz ein, obwohl wir abgemacht hatten, dass wir die ganze Fahrt über wach bleiben würden. Als wir ankamen, zogen wir alle sofort unsere Badesachen an und sprangen ins Meer. Ich hatte nicht einmal Angst davor, zum ersten Mal hineinzuspringen. Ich konnte schon schwimmen, weil wir es im Hallenbad mit unserem Trainer im Sportunterricht üben mussten, und ich machte es wieder sehr gut. Ich machte sogar das Haifischabzeichen, das ist das beste Abzeichen überhaupt.

„Bitte, geht nicht zu tief ins Wasser", rief Daniela, während sie alle unsere Sachen auspackte und unsere Schlafplätze organisierte. Für Daniela waren sie wie ihre eigenen Kinder und für sie war Daniela wie eine zweite Mutter. Die Person, zu der sie gingen, wenn ihre Mutter bei der Arbeit war oder gerade keine Lust zum Reden hatte. Daniela war immer gut gelaunt, und ich lüge nicht, wenn ich sage, dass sie nicht ein einziges Mal ihre Stimme gegen die Kinder erhob, selbst wenn sie ihr Haus zerstörten (was natürlich keiner von uns absichtlich tat).

Wir waren drei Stunden lang im Wasser, bis es kalt wurde und unsere Haut anfing, wie die einer alten Person auszusehen.

Zum Abendessen gingen wir in ein Restaurant und jeder bestellte Fisch. Franco sagte, dass man am Strand unbedingt Fisch essen muss, also taten wir das.

Nachdem wir gegessen hatten, holten wir uns noch ein Eis und gingen dann zurück zum Strandhaus.

Bevor ich es vergesse, Moony, ich weiß nicht warum, aber wir hatten alle das Gefühl, dass zwischen Daniela und ihrer Freundin etwas vor sich ging, aber wir haben sie nicht danach gefragt.

Die nächsten zwei Tage verbrachten wir am Strand, aßen Eis und blieben bis Mitternacht wach, um über all unsere Geheimnisse zu plaudern, als ob wir überhaupt Dinge hätten, die wir voreinander geheim hielten!

Als die Tage vorbei waren und wir zurückfuhren, wussten wir alle, dass wir nur noch sechs Wochen hatten, bis Gabriel unsere Gruppe verlassen würde. Anstatt über seine Abreise zu reden, verbrachten wir jeden Tag, von morgens bis abends, miteinander und hatten die beste Zeit unseres Lebens.

Wie alles, so musste auch unsere Zeit dort eines Tages enden. Der Tag, an dem Gabriel sich zum letzten Mal verabschiedete, bevor er ging, war der schwerste Tag, seit ich mein Zuhause verlassen hatte. Wir weinten alle viel, sogar Daniela. Um einander nie zu vergessen, machten wir uns gegenseitig Freundschaftsarmbänder (obwohl wir ja Jungs waren) mit dem Versprechen, dass wir, egal was passiert, nie von der Seite des anderen weichen würden. Ich habe das Armband übrigens immer noch in einer meiner Schubladen.

Auch wenn es mein schlimmster Tag war, seit ich mit Daniela zusammenlebte, war ich dennoch froh, dass ich mich verabschieden konnte. Ich hatte meinen allerersten besten Freund verloren, ohne ihn vor der Abreise auch nur einmal umarmt zu haben, und ich nahm mir vor, so etwas nie wieder zu erleben. Der Schmerz, den ich in meinem Herzen spürte, war immer noch derselbe. Es spielt keine Rolle, wie man jemanden verliert, der einem wichtig war. Wenn er oder sie weg sind, sind sie weg. Und man kann nichts dagegen tun.

Nachdem Gabriel gegangen war, war nichts mehr so wie früher. Alle unsere Fußballspiele machten Spaß, aber jedes Mal war es, als ob etwas fehlte. Das war auch so, er ist nicht nur nach Österreich gegangen, sondern für immer von uns und dieser Welt. Gabriels Flugzeug hatte anscheinend einen Defekt und musste eine Notlandung hinlegen, die nicht ganz gut gelaufen war. In den Nachrichten hieß es, dass einige Menschen die Landung überlebt hätten, aber Gabriel war leider nicht darunter, der Aufprall war zu heftig.

Als wir die Nachricht hörten, brach für mich und die andern eine Welt zusammen. Auf Gabriels Beerdigung sagte Daniela uns, dass, wenn man jemanden verliert, er vielleicht in der Welt nicht mehr da ist, aber immer im Herzen. Jedes Tor, das wir schossen, und jedes Spiel, das wir gewannen, war für Gabriel. Wir wussten, dass er auf uns herabblicken und uns anfeuern würde.

Wir versuchten, das zu tun, was wir immer taten, wie zu der Zeit, als Gabriel noch da war. Irgendwann sagten wir uns, dass wir nicht mehr so oft über ihn sprechen sollten, wir versuchten zu vergessen, weil es vielleicht leichter werden würde und es das Beste für uns alle war.

Drei Jahre später, an meinem elften Geburtstag, hatte Daniela, wie immer, alle eingeladen, die sie kannte, und sie kamen auch alle. Es war ein sehr schöner Tag und ich bekam endlich meinen eigenen Fußball. Die Jungs schenkten mir neue Fußballhosen und ein passendes T-Shirt mit MORANA drauf. Auch wenn unsere Freundschaft nicht mehr vollständig war, war ich doch froh, meine besten Freunde um mich zu haben.

Sie sangen mir ein Geburtstagsständchen, und bevor ich die Kerzen ausblasen konnte, warf mir Gianluca den Kuchen ins Gesicht. Wir fingen alle an zu lachen und Franco sagte, ich sähe aus wie ein schreiender Geist. Mein Leben war zu diesem Zeitpunkt eigentlich himmlisch. Natürlich vermisste ich Oliver immer noch und wartete auf seine Rückkehr. Auch der Verlust meiner beiden besten Freunde machte es nicht leichter. Aber ich erkannte, dass ich mich auf all die guten Dinge konzentrieren musste, die das Leben mir gab, wie meine Tante, meine Freunde, Fußball und dass ich gesund war.

Aber da wusste ich noch nicht, dass selbst die besten Dinge sich manchmal in die schlimmsten verwandeln konnten.

KAPITEL SECHZEHN

Die Tage wurden wieder kälter und die Nächte länger. Es war Anfang Januar und die Schule hatte nach den Weihnachtsferien wieder begonnen. Wie jeden Tag machte ich mich mit den Jungs auf den Heimweg. Seit ein paar Wochen schien es, als würden sie sich von mir distanzieren. Daniela hat sie zum Beispiel alle am Heiligabend zum Essen eingeladen, aber sie hatten alle schon etwas mit ihren Familien vor. Es war nicht so, dass ich böse auf sie war, weil sie nicht kamen, aber ich wusste, dass sie nie Heiligabend mit ihren Familien feierten sondern erst an Weihnachten selber, zumindest nicht, seit ich sie kannte. Dann, nach einigen Tagen, wollte ich ein Fußballspiel unserer Lieblingsmannschaft sehen, und sie sagten alle ab, was ein bisschen verletzend war, aber immer noch keine große Sache.

Aber als ich mit Daniela das Spiel anschaute, sah ich sie alle dort. Alle zusammen. Ich ging rüber und fragte, warum sie mir nicht gesagt haben, dass sie kommen, und da meinten sie: „Wir dachten, du würdest nicht mehr kommen, nachdem wir gesagt haben, dass wir nicht gehen können. Es tut uns leid, Morana. Willst du dich neben uns setzen?"

Ich fühlte mich verraten. Wir hatten uns noch nie gegenseitig belogen, und dies war offensichtlich eine Lüge. Ich sagte ihnen, dass ich mich nicht zu ihnen setzen würde, weil ich bereits mit Daniela dort war. Sie fragten mich nicht ein zweitesmal oder versuchten, mich zum Bleiben zu überreden, wie sie es sonst immer taten. Wie gesagt, ich ging zurück zu Daniela und konnte schon ihr besorgtes Gesicht sehen.

„Oh nein. Was haben sie gesagt?"

„Dass sie dachten, ich würde nicht kommen, nachdem niemand zugestimmt hat mitzugehen." Während ich das sagte, lief mir eine Träne übers Gesicht. Daniela gab mir ein Taschentuch und rieb mir den Rücken. Es fühlte sich ein bisschen komisch an. Zu Hause machte sie mir eine heiße Schokolade und sagte mir, dass alles gut werden würde.

Am nächsten Schultag, als ich mit den Jungs nach Hause ging, nachdem Gianluca den ganzen Schultag über nur einen Satz mit mir gewechselt hatte, musste ich den ersten Schritt machen.

„Warum benehmt ihr euch so komisch?" Sie blieben stehen und liefen dann wieder los. Keiner antwortete auf meine Frage, und dann fragte ich erneut.

„Hallo? Ich rede mit euch."

Wieder nichts. Wir gingen schweigend nach Hause, bis wir etwa fünf Meter von meinem Haus entfernt standen.

„Es tut uns leid, was neulich beim Spiel passiert ist. Wir wollten dir nicht wehtun", sagte Leonardo mit trauriger Stimme. Ich konnte es nicht mehr zurückhalten und fing an zu weinen. Vor den beiden. Wegen ihnen, meinen besten Freunden.

„Aber du hast es getan! Und Taten kommen nicht aus heiterem Himmel. Sie haben schon länger diese Gefühl, dass etwas nicht stimmt und ich will, dass ihr mir sagt, warum ihr mich in den letzten Wochen ignoriert habt. Ob ihr nun zum Fußballtraining geht oder zusammen Mittag esst. Keiner von euch hat ein Wort mit mir gewechselt. Also bitte, sagt mir, was ich getan habe, dass ihr mich so ausschließt!"

Ich fing an, sie anzuschreien, weil ich wütend und traurig zugleich war. Ich wollte einfach nur wissen, warum sie mich nicht mehr mochten. Aber als sie es schließlich sagten, wünschte ich, ich hätte es nie gehört.

„Hör zu, Morana. Du bist unser bester Freund oder Freundin egal, seit wir dich kennen. Du bist eine von uns, aber wir werden alle erwachsen und du bist vielleicht ein bisschen zu sehr wie wir Jungs. Morana, du musst es akzeptieren, er kommt nicht zurück. Oliver wird nicht zurückkommen, egal ob Junge oder Mädchen. Es wird langsam peinlich, durch die Straßen zu laufen und von allen gefragt zu werden, ob wir alle Jungs oder Mädchen sind. Die Mädchen wollen wegen dir nicht mehr mit uns abhängen. Wir lieben dich immer noch, aber wir halten es für besser, wenn wir nicht mehr so befreundet sind. Es tut mir leid."

Als Gianluca das sagte, verstand ich die Welt nicht mehr. Sie waren meine besten Freunde. Fast vier Jahre Freundschaft waren ihnen egal, nur wegen dem, was andere Leute dachten.

Ohne etwas zu sagen, rannte ich nach Hause und in mein Zimmer. Ich schloss die Tür, damit Daniela nicht reinkommen konnte. Wenn ich es ihr sagen würde, würde es ihr das Herz brechen.

Die ganze Nacht blieb ich in meinem Zimmer, weinte und verstand nicht, warum mich immer alle verlassen mussten. Zuerst meine Mutter. Sie hatte mich verlassen, ohne dass ich überhaupt wusste, was für ein Mensch sie war. Dann Pete, mein bester Freund, von dem ich nicht einmal wusste, ob er noch am Leben war. Nachdem ich Pete als meinen besten Freund verloren hatte, musste Gabriel sterben. Nachdem Gabriel gestorben war und ich dankbar war, dass ich meine anderen Freunde noch hatte, verließen nun auch sie mich, weil sie sich für mich schämten. Über meinen Vater brauchte ich gar nicht erst nachzudenken. Er konnte mich nicht verlassen, weil er nie da war, also warum vermisse ich ihn immer noch?

„Er kommt nicht mehr zurück, Morana." Diese Worte von deinen „besten Freunden" zu hören, tat weh, als hätte mir jemand das Herz herausgerissen. Vorallem weil sie die Wahrheit über die Gefühle für meinen Vater kannten. Ich war jetzt offiziell allein. Die einzige Person, die ich hatte, war Daniela, aber sie konnte mir keinen besten Freund oder keine beste Freundin ersetzen. Ich liebte sie und sie liebte mich, aber sie war immer noch meine Tante.

Der nächste Morgen war furchtbar. Ich hatte nicht geschlafen und meine Augen waren geschwollen von den Tränen, die die ganze Nacht über geflossen waren. Daniela machte mir zum Frühstück meine Lieblings-Erdnusspfannkuchen, aber ich aß sie nicht. Als ich daran dachte, sie zu essen, musste ich mich sofort übergeben. Sie sagte mir, dass es okay ist, wenn ich nicht zur Schule gehen will und sie meine Lehrerin anrufen kann, aber ich sagte ihr, dass ich gehen will. Ich brachte es nicht so weit, um mich von Leuten, die ich früher Freunde nannte, runterziehen zu lassen und mich zu verstecken. Ich konnte mich nicht ewig verstecken, also konnte ich auch gleich gehen und stark sein.

Als ich in die Schule kam, traute ich meinen Augen nicht. Gianluca sprach mit Nancy, und die Jungs standen neben ihm. Ich wollte meine Tränen zurückhalten, die mir über die Wange liefen. Als er „Mädchen" sagte, dachte ich nicht einmal an die Hühner. Er verließ mich für eine Nancy, das Mädchen, das mich schon immer am schlimmsten behandelt hatte, seit ich in die Schule kam. Was noch schlimmer war, war, dass ich ihn meinen Freund genannt hatte. Meinen besten Freund, um genau zu sein.

Die Schulglocke läutete und wir setzten uns alle auf unsere Plätze. Ich wünschte mir, dass ich nicht neben Gianluca sitzen musste. Ich wollte allein sitzen und nicht in sein Gesicht schauen. Unsere Blicke trafen einander, und ich versuchte mein Bestes, ihn nicht anzusehen. Es gelang mir nicht.

„Morana, was ist mit deinen Augen passiert?" Er sah mich an, nein er starrte mich richtig an. Ich konnte nicht glauben, dass er diese Frage wirklich stellte. Ich hatte nur noch eine Minute, um mit ihm zu reden, bis die Glocke zum zweiten Mal läuten würde.

„Meinst du das jetzt echt? Wenn ja, dann danke dem lieben Gott, wenn du niemals fürs Denken bezahlt wirst."

„Hör zu, ich habe dir schon gesagt, dass es mir leid tut. Wir werden alle erwachsen, weißt du. Es ist nichts Schlimmes dabei."

„Du hast mich wegen Nancy verlassen."

Bevor er noch etwas hinzufügen konnte, klingelte es wieder, Frau Lucce betrat das Klassenzimmer und wir waren alle still.

„Ihr könnt jetzt alle nach Hause gehen, außer du, Morana. Ich sehe dich in fünf Minuten im Lehrerzimmer." Warum schon wieder ich? Ich wusste nicht, warum sie mit mir reden wollte. Ich hörte ihr im Unterricht immer zu, deshalb war ich ziemlich wütend auf sie. Alle verließen das Klassenzimmer, aber Morana musste natürlich bleiben. Das Leben war mal wieder so ungerecht.

Als ich zum Lehrerzimmer kam, wollte ich meine Lehrerin anschreien, aber bevor ich etwas sagen konnte, umarmte sie mich.

Sie war nun schon seit fast vier Jahren meine Lehrerin und hatte mich noch nicht einmal an der Hand genommen. Ich ließ sie los, denn das Letzte, was ich wollte, war, von meiner Lehrerin bemitleidet zu werden.

„Morana, ich bin seit fast vier Jahren deine Lehrerin und ich merke, wenn mit meinen Schülern etwas nicht stimmt. Ich habe gesehen, was heute passiert ist, ich bin nicht dumm, Schatz. Ich möchte, dass du mir sagst, wenn dich irgendetwas im Unterricht stört oder wenn dich irgendetwas in der Schule zurückhält. Du sollst dich hier sicher fühlen. Ich werde immer für dich da sein."

Ich war dankbar für das, was sie sagte, und für alles andere, aber in diesem Moment konnte ich ihr das nicht sagen.

„Es geht mir gut. Ich werde zu Ihnen kommen, wenn etwas nicht in Ordnung ist. Aber es geht mir gut." Ich rannte aus dem Zimmer und sah Gianluca neben der Tür stehen. Ich rannte schneller, damit er mich nicht mehr sehen musste, aber er war beim Laufen immer schneller als ich.

„Morana, bitte, bleib einen Moment stehen." Als er mich einholte, zog er mich am Arm, damit ich stehen blieb und nicht weglaufen konnte.

„Was hat sie zu dir gesagt?"

„Nichts, was dich interessieren sollte. Geh jetzt nach Hause, ich kann dich nicht mehr sehen."

„Morana, sag mir jetzt, was passiert ist."

„Warum fragst du nicht Nancy, was passiert ist? Ich wette, sie weiß es!" Er ließ meinen Arm los und in dieser Sekunde riss ich mir das Armband vom Handgelenk und rannte weg, bis ich ihn nicht mehr sehen konnte. Ich lief den Rest des Weges nach Hause und weinte. Als ich die Tür öffnete, stand Daniela in der Küche und machte mir Brei. „Sprich bitte nicht mit mir", sagte ich zu ihr. Ich wollte im Moment mit niemandem reden, jetzt wo ich gerade das Vertrauen in die Menschen verloren hatte. Sie nickte nur traurig und ich ging nach oben. Ich zog mir einen Schlafanzug an und las ein Buch, um mich von allem abzulenken, was passiert war. Daniela brachte mir das Essen ins Zimmer, ohne ein Wort zu sagen. „Danke", sagte ich und im Gegenzug lächelte sie mich an.

Ich schlief den ganzen restlichen Tag und wartete auf einen weiteren verbitterten. Keine Freunde und keine Familie mehr für mich. Nur Daniela, aber für mich war es in diesem Moment nur eine Frage der Zeit, bis auch sie mich verlassen würde. Ich hatte kein Vertrauen mehr, in niemanden.

Moony, wegen mir habe ich meinen Vater verloren, das war schon schlimm genug. Meine drei besten Freunde an eine Person zu verlieren wie Nancy, die mich hasste, war noch schlimmer. Warum mussten die Menschen mich immer verlassen?

Von diesem Moment an wusste ich, dass ich das Problem war, immer. Ich versuchte, für alle gut genug zu sein, aber ich konnte es für niemanden sein. Ich wusste nicht, was ich tun sollte, damit die Leute mich endlich liebten und nicht vorhatten, mich zu verlassen, nachdem sie versprochen hatten, es nicht zu tun.

Ich sagte mir, wenn ich nicht mehr verletzt werden wollte, müsste ich aufhören, den Menschen zu vertrauen. Das tat ich dann auch.

KAPITEL SIEBZEHN

Es war nun mehr als sechs Monate her, dass ich das letzte Mal mit den Jungen gesprochen hatte. Frau Lucce ließ mich in der Klasse neben einem Jungen sitzen, mit dem ich noch nie richtig gesprochen hatte. Ich wollte nicht mehr, dass ich und Gianluca nebeneinander saßen, und sie fragte nicht einmal, ob das für ihn in Ordnung sei. Nachdem ich vier Jahre lang jeden Tag in der Schule neben Gianluca gesessen hatte, war es seltsam, jetzt neben einer anderen Person zu sitzen.

Verstehe mich nicht falsch, der Typ, neben dem ich nun saß, war ein netter Kerl, aber er redete nie und passte überhaupt nicht zu meinen Noten. Wir waren beide gut und schlecht in denselben Dingen, also war es nicht so wie mit Gianluca. In den 10-Uhr-Pausen versteckte ich mich hinter Büschen, aß dort meine Sandwiches, während sich die Hühner und meine ehemals besten Freunde über mich lustig machten. Jedes Mal, wenn ich an ihnen vorbeiging, bekam ich von hinten Kommentare wie „Bist du ein Mädchen oder ein Junge?" zu hören. Sie waren jetzt alle eine Freundschaftsgruppe und nannten sich gegenseitig „Homies fürs Leben". Es war wirklich deprimierend zu sehen, wie Menschen dir in den Rücken fallen können, sobald sie von dir bekommen haben, was sie wollten.

Auch das Fußballtraining war nicht mehr so, wie es früher einmal war. Ich ging allein hin und kam auf demselben Weg wieder alleine nach Hause.

Jedes Mal, wenn ich von der Schule nach Hause kam, fragte mich Daniela, ob ich wenigstens einmal mit ihnen gesprochen hätte. Meine Antwort enttäuschte sie immer. Auch für Daniela war es keine leichte Zeit. Wenn man sieht, dass ein Mensch, den man liebt, verletzt wird, tut das auch weh, und wenn man nichts dagegen tun kann, ist es noch schwerer. Sie versuchte, mit den Eltern der Jungs zu sprechen, aber die sagten, dass sie auch nichts dagegen tun könnten.

Während der ganzen Sommerferien sprach ich mit niemandem und sah auch niemanden von ihnen, weil wir wieder ins Haus von Danielas Freundin fuhren, wo ich und die Jungs vor ein paar Jahren zusammen waren. Es tat weh, wenn ich mich daran erinnerte, wie ich früher mit ihnen dort war, und auch mit Gabriel und nun bin ich alleine hier. Manchmal hatte ich das Gefühl, Gabriel wäre enttäuscht von uns, wenn er noch da wäre. Wir hatten unser Versprechen gebrochen, das wir geschworen hatten, niemals zu brechen, egal was passiert. Und jetzt, wo er nicht mehr da war, brachen wir es.

Also, um es kurz zu machen, die Sommerferien waren scheiße.

„Freust du dich auf deinen Geburtstag, Schatz?", fragte mich Daniela, während ich frühstückte. Die Schule hatte vor einer Woche wieder angefangen und am Freitag würde ich 12 Jahre alt werden. Ich wollte gar nicht feiern, weil ich niemanden hatte, mit dem ich feiern konnte. Ich war allein und hatte keine Freunde, warum sollte ich also feiern?

„Das tue ich nicht, Daniela. Ich habe niemanden, mit dem ich feiern kann, außer dir und unseren Nachbarn, die ich jeden Tag sehe und höre. Warum kannst du nicht verstehen, dass ich allein bin?" Vielleicht sagte ich das am Morgen zu hart zu ihr und verletzte ihre Gefühle und ich fühlte mich sofort schlecht. „Es tut mir leid, Zia. Aber ich will einfach nicht allein sein, verstehst du? Nachdem sie aus meinem Leben waren, ging alles den Bach runter. Meine Noten, meine Fähigkeiten beim Fußball und mein Glück. Ich habe nichts mehr zu feiern."

Ich hasste es, wenn mir Tränen über die Wange liefen, wenn ich es nicht wollte. Daniela umarmte mich fest und sagte mir, dass mein Leben nicht von anderen Menschen abhängen sollte. Ich sollte mich selbst feiern und dafür, wie stark ich bin.

„Nicht viele Menschen haben so etwas durchgemacht wie du, weißt du? Und schau, du bist immer noch hier, lebendig und gesund. Das ist es, was wir feiern sollten." Ich weiß nicht, wie oft ich es schon sagte, aber ich werde immer dankbar sein, dass ich Daniela habe. Sie war immer für mich da. Wenn die Welt für mich nicht in Ordnung war, fühlte es sich nur halb so schlimm an, wenn sie an meiner Seite war. Niemand verdiente ihr gütiges Herz. Sie kümmerte sich immer mehr darum, wie es mir ging, als sich um sich selbst zu kümmern.

Die Leute sagen oft, dass Tanten nicht so wichtige Menschen in der Familie sind. Aber für mich ist meine Tante meine ganze Familie.

„Ich muss jetzt gehen, bis später!", sagte ich ihr und ging hinaus, um zur Schule zu gehen. Wie immer sah ich die „Homies for Life", die zusammen zur Schule gingen.

Als ich an ihnen vorbeiging, hörte ich Nancy nach mir schreien.

„Hey Kleiner, hast du schon mal Drogen probiert? So wie dein Vater?"

Ich war nicht jemand, der sich um die Dinge kümmerte, die Nancy sagte, und ich ignorierte sie auch immer. Aber dieses Mal war ich verletzt und schämte mich dafür, das es mir etwas ausmachte. Wenn sich in diesem Moment niemand für mich einsetzte, so wie es die Jungs immer taten, musste ich für mich selbst eintreten.

Ich drehte mich um und sah, dass sie näher an mich herankamen.

„Was ist dein Problem, Nancy?"

„Oh, du kannst reden. Das kleine Mädchen, oder sollte ich besser sagen der Junge, hat an Selbstvertrauen gewonnen, seit ihre Freunde sie verlassen haben."

„Lass mich in Ruhe, bitte." Ich ging weiter, als sie das sagte, was mein Herz am meisten berührte.

„Kein Wunder, dass die Leute dich immer verlassen. Sieh dich doch an, du kommst ja nicht allein zurecht. Du läufst immer vor allem und jedem weg. Und nur damit ich es gesagt habe, dein Vater wird nicht zurückkommen."

Ich drehte mich um, sah sie alle lachen und rannte davon. Das war definitiv der Tropfen der das Fass zum überlaufen brachte, dass Fass voll mit Tränen.

Die Jungs hatten ihr alles erzählt, sonst wüsste sie ja gar nicht, dass ich auf meinen Vater warte, dass er zurückkommt. Ich fühlte mich schlecht, weil ich so dumm war und sie mit mir befreundet sein ließ und ihnen all meine geheimsten Geheimnisse anvertraut habe. Das hätte ich keinem von ihnen je angetan, das hätte ich niemals irgend jemandem angetan, nicht einmal Nancy selbst.

In der Klasse versuchte ich, meine Tränen zu verbergen. Manchmal sah ich, wie Gianluca mich ansah und Franco etwas ins Ohr flüsterte, so als ob ich ihn nicht sehen konnte.

Die Schulglocke läutete zur 10-Uhr-Pause und alle rannten nach draußen. Wie immer aß ich mein Mittagessen allein hinter den Büschen, während „die Homies" über mich plauderten.

Ich war mit meinem Sandwich halb fertig, als ich hörte, dass jemand zu mir kam. Das war seltsam, denn es kam nie jemand dorthin, wo ich war, niemand wollte mit mir gesehen werden.

„Hey, was machst du denn hier?", sagte eine sanfte Stimme. Ich kannte die Stimme irgendwie, aber ich konnte sie niemandem zuordnen, also schaute ich auf und sah jemanden, den ich nicht erwartet hatte. Es war Claudia von den Hühnern. Was machte sie hier, und warum stellte sie mir Fragen, auf die sie die Antwort schon kannte?

„Ich könnte dich eigentlich das Gleiche fragen." Sie lächelte mich nur an und setzte sich neben mich. Und was?

„Ich weiß nicht, mir war einfach danach."

„Herzlichen Glückwunsch zur schlechtesten Lüge der Welt. Noch vor zwei Stunden hast du dich über mich lustig gemacht. Nein, eigentlich schon die letzten vier Jahre. Und, oh, du hast meine Freunde gestohlen, danke dafür. Du kannst jetzt gehen. Ich will dich hier nicht haben."

Bevor sie da war, fühlte ich mich eigentlich besser. Was erwartete sie von mir, was ich jetzt mit ihr reden sollte? Glaubte sie wirklich, ich würde jemals mit ihr so etwas wie befreundet sein, nachdem sie mir vier Jahre lang die schlimmsten Dinge angetan hatte und jetzt einen Moment nett war oder war das auch wieder eine Lüge?

„Ich sage es dir nur ungern, aber ich werde definitiv nicht gehen."

Sie war offiziell die nervigste Person, die ich je traf.

„Gut, dann gehe ich eben." Ich nahm meine Tasche und wollte aufstehen, aber sie hielt mich am Arm fest.

„Was in aller Welt ist los mit dir, Claudia? Ernsthaft, lass mich gehen!" Ich konnte es nicht fassen.

„Morana, es tut mir leid. Es tut mir leid, was ich dir angetan habe. Weißt du, mir ist klar geworden, dass Nancy und Julia nichts weiter als giftige Freunde sind. Sie haben mich heute aus ihrer Gruppe geworfen, weil ich zu groß war und es komisch aussah, wenn ich neben ihnen stand."

„Das tut mir leid, aber was soll ich denn jetzt machen?", wenn sie erwartete, dass ich ihr helfen würde oder Mitleid mit ihr hätte, lag sie völlig falsch. Ich fühlte mich zwar schlecht, weil ich nie etwas getan hatte, aber sie sollte spüren, wie es sich anfühlte, wenn man jemanden so verletzt wie sie es mit ihrer Gruppe getan hat.

„Ich wollte dir noch einmal sagen, dass es mir wirklich leid tut. Und mit deinen Freunden bin ich nicht einmal befreundet, die hängen nur mit Nancy ab, weil sie und Gianluca jetzt ein Paar sind. Franco und Leonardo hassen sie auch. Ach, und Julia, die mag Nancy auch nicht, aber sie muss bei ihr bleiben, weil sie erstens Gianlucas Schwester ist und zweitens Angst vor Nancy hat. Das haben wir eigentlich alle, deshalb wollen wir nicht von ihr weggehen und sie gegen uns aufbringen. Vor zehn Minuten habe ich den Mut gefasst und endlich getan, was ich schon immer tun wollte: die Freundschaft mit ihr beenden. Ich weiß, dass sie mich jetzt schikanieren wird, aber wenigstens bin ich jetzt nicht mehr allein damit."

Hörte ich das jetzt wirklich oder träumte ich? Gianluca und Nancy sind ein Paar? Und alle hassen sie tatsächlich? Ich schaute Claudia mit weit aufgerissenen Augen an.

„Es tut mir leid, aber was? Und warum erzählst du mir das? Es ist mir einfach egal, was mit dir passiert, Claudia. Wenn du sie so sehr gehasst hast, warum hast du mir dann nie geholfen? Du kannst dir gar nicht vorstellen, wie es ist, alle deine Freunde zu verlieren und niemanden zu haben, der sich um dich kümmert, außer deiner Tante! Ich werde jetzt gehen,

Claudia. Du hast kein Mitleid von mir verdient, du willst nur nicht allein sein. Weißt du was, du hast es wirklich verdient, allein zu sein."

Jetzt stand ich auf und ging weg. Ich fühlte mich schlecht und gut zugleich. Sie konnte nicht erwarten, dass ich Mitleid mit ihr hatte und ihr sagte, dass alles gut werden würde, denn das ist es nicht. Ihre Gefühle waren mir egal, mir war jeder von ihnen egal. Sie alle verdienen es, genau so allein zu sein wie ich.

Am späten Nachmittag hatte ich wieder Fußballtraining. Wenn Claudia mich nicht vorher gewarnt hätte, wäre ich noch überraschter gewesen, als ich Nancy und Gianluca vor dem Training knutschen sah. Franco und Leonardo ließen die beiden allein und ich sah, wie sie komische Gesichter machten. Ich hörte auch, wie Franco sagte, das sei das Ekelhafteste, was er je sah, und dabei musste ich fast lachen.

Nachdem Daniela mich vom Training nach Hause brachte und wir etwas zu Abend gegessen hatten, klingelte es an der Tür. Daniela dachte, dass es einer unserer Nachbarn sei, weil sie einen frisch gepressten Orangensaft von ihr haben wollten. Aber als sie die Tür öffnete, sagte sie etwas, was ich am wenigsten erwartet hatte.

„Ach du meine Güte, nein, äh, hallo Claudia! Ich habe dich seit Jahren nicht mehr gesehen. Wie geht es Mama und Papa? Aber ich wusste gar nicht, dass du und Morana Freunde seid." Was wollte sie bei mir zu Hause? Welchen Teil von „Ich will nicht mit dir zusammen sein" hatte sie missverstanden?

„Wir sind eigentlich keine Freunde. Aber ich möchte wirklich mit ihr befreundet sein, sie scheint sehr cool zu sein. Ich versuche nur, sie zu überzeugen, mit mir befreundet zu sein."

„Tja, das wird nicht funktionieren, Claudia. Wie ich schon sagte, lass mich in Ruhe. Geh und such dir jemand anderen, den du quälen kannst", schrie ich aus der Küche, damit ich sie nicht sehen musste. Ich hätte vielleicht darüber nachdenken sollen, dass Daniela, der netteste Mensch überhaupt, mich in ihrem Haus unhöfliche Dinge zu jemandem sagen hörte.

„Morana, das war nicht sehr nett von dir. Sie versucht nur, mit dir befreundet zu sein. Daran ist nichts auszusetzen."

„Freunde? Sie will nur nicht allein sein. Sie hat mich vier Jahre lang schikaniert und mir meine besten Freunde weggenommen. Sie lügt!" Daniela bemühte sich, mich nicht anzuschreien.

„Morana, mein Schatz. Ich möchte, dass du jetzt zu dieser Tür kommst und sagst, warum du nicht mit Claudia befreundet sein willst." Aus Angst, dass sie vor Freundlichkeit explodieren könnte, ging ich zur Tür und stellte mich nun vor Claudia.

„Also, Claudia. Ich will nicht mit dir befreundet sein, weil ich dich nicht leiden kann. Du hattest vier Jahre Zeit, mir zu sagen, dass du mit mir befreundet sein willst, und du hast es nicht getan. Lüg mich nicht an, ich weiß, dass du nur hier bist, weil du Angst hast, allein zu sein. Aber ich bin auch allein, und das ist nicht so schwer, du kriegst das auch hin." Das war eine Lüge. Das Alleinsein ist immer eines der schwersten Dinge.

„Okay, es ist wahr. Ich habe Angst vor dem Alleinsein. Aber wenn du dich einsam fühlst, kannst du dich mit mir einsam fühlen." Wenigstens ist sie ehrlich. Daniela hatte Tränen in den Augen, aus welchem Grund auch immer.

„Das ist das Süßeste überhaupt! Morana, bitte sei nicht unhöflich zu ihr und versuche, mit ihr befreundet zu sein. Ich kenne ihre Eltern und sie sind sehr gute Menschen. Es tut ihr leid, Schatz. Sei ein besserer Mensch, als du es sein möchtest."

Um ehrlich zu sein, wollte ich es nur für Daniela tun. Claudias Gefühle waren für mich immer noch irrelevant.

„Okay, gut. Du kannst mit uns zu Abend essen", sagte ich mit gelangweilter Stimme. Daniela hob eine Augenbraue und sah mich an, um mir zu zeigen, dass ich netter zu ihr sein sollte. Wir gingen in die Küche und aßen zusammen zu Abend und Daniela fragte sie nach ihren Eltern.

„Was machen deine Familie und du am Freitag?", fragte Daniela sie. „Ich weiß es nicht, aber ich glaube, wir haben nichts geplant", antwortete Claudia. Da wünschte ich aus ganzem Herzen, dass Daniela jetzt nicht das fragen würde, was ich befürchtete, dass sie fragt.

„Also, wollt ihr alle zu Moranas Geburtstagsparty in unserem Haus kommen?" Ich rollte nur mit den Augen und hoffte auf ein Nein.

„Oh mein Gott, natürlich kommen wir. Ich sag's Mom und Dad nachher."

Und damit wurde mein größter Albtraum, mit einem Huhn befreundet zu sein, Wirklichkeit.

KAPITEL ACHTZEHN

Es war nun mein 12. Geburtstag, und der erste, an dem meine
ehemals besten Freunde nicht mit mir sprachen. Normalerweise standen sie immer mit einer Torte in der Hand vor meiner
Tür, aber dieses Mal war es Claudia die vor meiner Tür stand.

Ich lüge nicht, wenn ich sage, dass ich am Anfang wirklich
unhöflich zu ihr war. Ich wollte nicht mit ihr abhängen und sie
auch nicht sehen, aber sie ließ einfach nicht locker.

„Niemand hat dich gebeten, zu mir nach Hause zu kommen,
und um deine Frage zu beantworten: Ich werde nicht mit dir
zur Schule gehen." Wenn sie glaubte, dass sie die Jungs ersetzen konnte, lag sie falsch. Ich hörte, wie Daniela von oben he-
rab kam, um sie an der Tür zu begrüssen.

„Eigentlich habe ich Claudia angerufen, um dich heute zur
Schule zu bringen. Du bist an deinem Geburtstag noch nie al-
leine zur Schule gelaufen, also dachte ich, das wäre eine gute
Idee." Ich hatte keine Chance, sie davon zu überzeugen, dass
Claudia mich nur um ihrer selbst willen ausnutzte.

„Alles Gute zum Geburtstag!", sagte sie und umarmte mich.
Ich wollte sie wegdrücken, weil ich keine Umarmungen von
jemandem annehmen wollte, den ich nicht kenne, das hatte
ich von Daniela gelernt.

Also, Moony, mir blieb nichts anderes übrig, als mit Claudia zur Schule zu gehen. Auf dem Weg dorthin erzählte sie
mir von all den Tieren in ihrem Garten und es war mir einfach
egal, aber das konnte ich ihr nicht sagen, denn sonst hätte sie
wahrscheinlich noch angefangen zu weinen. Der Grund, warum Daniela sie so sehr mochte, war, vermute ich, weil sie fast
den gleichen Charakter wie sie selbst hatte.

Als wir in unserem Klassenzimmer ankamen und ich sah,
wie Nancy Gianluca küsste, musste ich mich fast übergeben.
Die Schulglocke läutete und ich bedankte mich dafür bei einer
höheren Macht, denn jetzt hörten sie endlich auf.

Die Schule war an diesem Tag so langweilig, dass ich mich nicht wirklich an die Dinge erinnern kann, die passierten. Claudia war in der 10-Uhr-Pause wieder bei mir und „die Homies" chillten zusammen, also passierte in der Schule nichts Besonderes.

Ich ging nach Hause und musste mit Daniela anfangen, alles zu dekorieren. Es war alles in Gold und Grün gehalten, weil diese beiden Farben meine Lieblingsfarben sind. Daniela sagte, dass diese Farben sie an meine goldenen Haare und grünen Augen erinnerten.

Um 19 Uhr kamen schon die ersten Gäste und die Musik wurde lauter. Ich liebte es, meinen Geburtstag zu feiern, aber jetzt, wo ich keine Freunde hatte, mit denen ich etwas unternehmen konnte, fühlte ich mich einsam. Bis Claudia mit ihrer Familie in meinem Garten auftauchte. Als ich ihre Eltern sah, war es keine große Überraschung mehr für mich, dass sie so groß gewachsen war.

Als ihr Blick meinen traf, rannte sie auf mich zu und umarmte mich, als wären wir von Geburt an beste Freunde, aber das waren wir nicht.

„Oh, das ist also Morana. Alles Gute zum Geburtstag, Bella. Du siehst genauso aus wie deine Mutter. Oh, ich vermisse sie so sehr." Musste ihre Mutter das wirklich an meinem Geburtstag erwähnen? Denn ich sah ihr nun offensichtlich nicht mehr ähnlich. Ich lächelte sie nur respektvoll an und ging dann, um meine anderen Gäste zu begrüssen.

Ich versuchte, Claudia an diesem Abend so gut es ging aus dem Weg zu gehen. Das klappte auch ganz gut, denn sie spielte die ganze Zeit mit ihrer kleinen Schwester und ich konnte feststellen, dass sie gleich aussahen. Gebräunte Haut und braunes, lockiges Haar. Vielleicht war ihre Schwester erst fünf Jahre alt, aber sie war fast so groß wie ich.

Nachdem wir den Kuchen gegessen und sie mir ein Geburtstagsständchen gesungen hatten, sank mein sozialer Akku auf null und ich ging nach oben in mein Zimmer. Die Gäste bemerkten es nicht, manchmal denke ich sogar, dass sie gar nicht wegen mir kamen. Sie alle liebten es zu feiern, und jedes Mal, wenn sie hörten, dass es eine Party geben würde, kamen sie. So sind halt unsere Nachbarn.

Ich lag seit etwa fünf Minuten in meinem Bett, als ich hörte, wie jemand die Treppe hinaufkam. Zuerst dachte ich, es sei Daniela, aber zu meiner Überraschung war es Claudia.

„Muss ich es dir erst schriftlich geben, damit du es schnallst, dass ich dich nicht sehen will?" Sie stand an meiner Tür und lachte.

„Ich habe es schon gemerkt, keine Sorge." Ich zog mir die Decke über den Kopf.

„Hast du schon mal gehört, dass du die nervigste Person bist, die ich je getroffen habe?"

„Das höre ich oft, aber nein, von dir noch nicht." Ich wollte lachen, aber mein Ego war zu groß, um es vor ihr zu tun.

„Du wirst nicht sterben, wenn du wenigstens einmal lachst. Ich habe dich nicht mehr lachen sehen, seit du und die Jungs keine Freunde mehr seid."

„Warum sollte dich das interessieren?"

„Weil ich möchte, dass du meine Freundin bist. Ich weiß, dass du denkst, dass ich nur mit dir zusammen sein will, damit ich nicht allein bin, aber das stimmt nicht. Das Einzige, was stimmt, ist, dass ich nie mit dir gesprochen hätte, als ich noch mit Julia und Nancy befreundet war."

„Heißt das, du wolltest schon lange mit mir befreundet sein?"

„Ja und nein. Ja, weil ich mit dir befreundet sein wollte, und nein, weil ich dich zuerst für seltsam hielt." Eine Sekunde lang fing ich an, sie zu mögen, dann machte sie es mit der letzten Aussage wieder kaputt.

„Wenn du denkst, dass ich komisch bin, dann kannst du jetzt gehen. Ich will dich hier nicht haben."

„Nun, ich denke das nicht mehr, also kann ich bleiben." Jetzt saß sie auf meinem Bett neben mir. Ich wollte nicht in ihrer Nähe sein, weil sie mich nervte, aber ich war vielleicht, nur vielleicht, ein bisschen froh, dass ich an meinem Geburtstag nicht ganz alleine war.

„Wenn wir uns kennenlernen wollen, sollten wir damit anfangen, unsere dunkelsten Geheimnisse zu erzählen. Wenn du denkst, dass es nur ein Trick von mir ist, kann ich damit anfangen." Ihre dunklen Geheimnisse interessierten mich nicht, aber ich hatte mit niemandem mehr über meine gesprochen, seit ich nicht mehr mit den Jungs befreundet war, also dachte ich, dass es sich vielleicht gut anfühlen würde, darüber zu reden.

Ich sah sie an und nickte, damit sie anfangen konnte, mir zu erzählen.

„Okay, also, mein erstes dunkles Geheimnis ist, dass ich mich schäme, so groß zu sein, weil ich mich hässlich fühle. Und mein zweites dunkles Geheimnis ist, dass ein weiterer Grund, warum ich meine Gruppe verlassen habe, der war, dass ich auf Nancy eifersüchtig war. Nicht wegen ihres Aussehens oder ihrer Persönlichkeit, sondern weil ich mit Gianluca zusammen sein wollte. Ich war schon seit dem ersten Schultag in ihn verknallt. Ja, das ist also mein Geheimnis."

Das war unerwartet. Ich meine, Gianluca ist ein hübscher Junge, aber für mich ist er eher wie ein Bruder.

„Wow, das hätte ich nie gedacht. Bist du deshalb so gerne bei Julia zu Hause gewesen? Ich habe gehört, wie er darüber gesprochen hat, dass du fast jeden Tag dort bist."

„Ja, aber auch wegen ihrer netten Mutter, sie hat uns immer Essen und Süßigkeiten gebracht. Weißt du, meine Mutter ist die schlechteste Köchin überhaupt, und mein Vater ist nie zu Hause, also muss ich selbst kochen, wenn ich essen will."

Ich lachte, eigentlich wollte ich jetzt mit ihr reden.

„Bist du bereit, meins zu hören?"

„Ich warte schon seit fünf Minuten, ja." Ich seufzte und hatte zuerst Angst, dass sie mich ausnutzen würde, aber etwas in meinem Inneren sagte mir, dass ich ihr nun vertrauen konnte.

„Du solltest dich besonders fühlen, wenn ich anfange, dir zu vertrauen. Nachdem meine Freundschaft mit den Jungs zerbrochen ist, habe ich mir gesagt, dass ich nie wieder jemandem vertrauen werde, außer Daniela natürlich."

„Wenn du Zweifel hast, dann kann ich dir sagen, dass ich mich eher von Ratten fressen lasse, als dein Vertrauen zu missbrauchen."

„Ich danke dir." Sie lächelte mich an und ich begann zögernd zu erzählen.

„Weißt du, mein Vater hat mich misshandelt, als ich ein Kind war. Er hat mir immer die Schuld für den Tod meiner Mutter gegeben. Sie hatte vor und während der Schwangerschaft eine schlimme Art von Leukämie." Ich hielt inne und holte tief Luft. Selbst nach all den Jahren fiel es mir immer noch schwer, darüber zu sprechen.

„Hier, nimm das. Dann fühlst du dich gleich besser." Claudia holte ein paar Schokoladenchips aus ihrer Tasche. Ich mochte eigentlich keine Schokolade, aber ich nahm eine. Und es half wirklich.

„Im Grunde genommen hatte sie die Möglichkeit, entweder die Chemotherapie fortzusetzen, mich aber abzutreiben, oder mich zu behalten und das Risiko zu Sterben einzugehen. Und sie hat sich für mich entschieden."

„Aber warum war es dann deine Schuld?"

„Ich weiß es nicht. Mein Vater hat gesagt, dass sie ohne mich noch hier wäre, und das ist auch die Wahrheit. Er hat nicht unrecht, wenn er sagt, dass ich sie getötet habe, denn in gewisser Weise habe ich das ja auch getan. Deshalb habe ich auch den Namen Morana bekommen. Er steht für Krankheit und Tod."

„Ich finde, dein Name ist sehr schön." Ich verdrehte die Augen, aber ich konnte mir ein Lächeln nicht verkneifen. Ich redete weiter.

„Nun, mein Vater hat sich mit Drogen und Alkohol eingelassen. Er wusste nicht, wie er seine Wut loswerden sollte, also ließ er sie an mir aus. Er sagte, dass er ohne mich gesund und verliebt wäre. Ich begann, meiner Mutter immer ähnlicher zu werden, und dafür hasste er mich noch mehr. Deshalb versuche ich, so zu sein wie er, für den Fall, dass er eines Tages zurückkommt, mich sieht und mich zurücknimmt, damit wir eine normale Beziehung führen können. Das ist also im Grunde mein dunkles Geheimnis." Sie sah mich mit einem verwirrten Gesicht an.

„Was?" Ich hatte Angst, sie würde jetzt den Raum verlassen und es allen in der Schule erzählen.

„Das verstehe ich nicht ganz. Dein Vater hat dich also misshandelt, und du willst ihm immer ähnlicher werden, damit er dich eines Tages zurücknimmt? Du weißt, dass er im Moment im Gefängnis sitzt, oder?"

„Ich weiß. Aber trotzdem, wenn er rauskommt, was in weniger als fünf Jahren der Fall sein wird, kann er mich wieder besuchen. Und solange versuche ich, das Leben zu leben, das er wollen würde."

„Ja, klar. Ich will nicht blöd klingen, aber wenn er dich wirklich wollen würde, würde er dich nehmen, auch wenn du so aussiehst, wie du aussiehst."

„Aber ich liebe diesen Lebensstil. Okay, vielleicht nicht von Anfang an, aber jetzt liebe ich ihn."

„Wenn du das sagst."

Wir unterhielten uns den ganzen Abend über Dinge, die wir mögen, Dinge, die wir nicht mögen wie zum Beispiel unsere Lieblingsmusik. Ich hatte noch nie eine Freundin. Ich fing an, das Mädchen zu mögen, das ich früher hasste, und es stellte sich heraus, dass sie meine beste Freundin werden würde.

KAPITEL NEUNZEHN

Ich kann nicht genau sagen, ob meine Teenagerjahre die schlimmsten oder die besten meines Lebens waren.

Wie du weißt, war ich von da an ständig mit Claudia zusammen und wir wurden unzertrennlich. Ihre Golden-Retriever-Energie und meine schwarze Katzenenergie passten zusammen wie süß und sauer. Sie war der beste Mensch, mit dem ich mich je anfreundete.

Du fragst dich wahrscheinlich, was in diesen Jahren alles passierte, also fange ich jetzt an.

Das erste Jahr, in dem wir Freundinnen wurden, war sehr interessant. Wir lernten uns mehr und mehr kennen und ich kannte sie von A bis Z. Kurz nachdem Nancy und Gianluca sich getrennt hatten, trennten sich auch „die Homies". Gianluca fing sogar an, in der Klasse um Nancy zu weinen, aber ihr war das egal und sie fing an, mit Franco auszugehen. Als ich davon hörte, war ich schockiert, denn Franco war nie der Typ, der sich mit der Ex seines besten Freundes abgibt. Leonardo wollte mit keinem von ihnen etwas zu tun haben, aber er wollte auch Gianluca nicht allein lassen, also waren es am Schluss nur noch die beiden.

Claudia war sehr glücklich über die Trennung, sie war immer noch in Gianluca verknallt, aber ich fand das irgendwie eklig.

Als wir 15 wurden, wurde Claudia das hübscheste Mädchen der ganzen Schule. Sie fing an zu modeln und war auf dem Titelblatt der Zeitung NUJI, einer damals sehr bekannten Zeitschrift für junge Leute. Nancy und Julia waren sehr eifersüchtig auf sie, vor allem, weil es immer Nancys Traum war, Model zu werden. Ich fand es lustig, weil alle sie früher wegen ihrer Größe schikanierten, und jetzt liebten sie sie dafür. Was mich betrifft, so hatte ich Erfolg beim Fußball, aber nicht mehr mit den Jungs in derselben Mannschaft. Der Trainer sagte, dass ich besser wurde als die anderen, also versetzte er mich in eine höhere Stärkeklasse. Franco und Leonardo war es egal, dass ich besser als sie war, aber Gianluca wollte das nicht. Ich hörte vom Trainer, dass er sogar versuchte, über mich herzuziehen, weil ich es nicht verdient hätte. Rache kann manchmal so süß sein.

An meinem 16. Geburtstag begann sich alles in meinem Leben zu ändern.

Es begann mit Claudia und mir. Sie war offensichtlich die hübsche beste Freundin, und ich war die hässliche jungenhafte. Ich kann nicht mehr zählen, wie oft ich in dieser Zeit Liebesbriefe bekam. Nur, dass sie nicht für mich bestimmt waren, sondern für Claudia. „Kannst du ihn ihr bitte geben, ich möchte wirklich mit ihr ausgehen, aber ich bin zu schüchtern", war immer die Aufforderung, die ich von den Jungs in unserer Schule oder manchmal sogar in der Stadt bekam. Ich würde nicht sagen, dass ich eifersüchtig auf sie war, aber ich hätte mir gewünscht, dass jemand gesehen hätte, dass ich auch ein Mensch bin und nicht irgendeine Brieftaube, die Briefe zustellt. Jedes Mal, wenn ich sagte, dass sie alleine gehen könnten, sagten sie, dass sie zu schüchtern seien, um mit ihr zu sprechen. Ich weiß nicht, warum, aber sie taten mir leid, also gab ich sie ihr trotzdem. Nach einer gewissen Zeit öffnete sie die Briefe nicht einmal sondern warf sie sofort weg.

„Diese Briefe werden so lästig. Ich will nicht mit einem Fünfundzwanzigjährigen ausgehen!", sagte sie, als ich ihr den Brief eines alten Mannes überreichte. Ich bin mir sicher, dass er um die dreiundfünfzig war, aber ich hatte Angst, dass er ihr etwas antun würde, wenn ich den Brief nicht annehmen würde.

„Du hast Probleme", sagte ich. Es war ein heißer Sommertag im Juni und wir hingen bei Claudia herum.

„Das ist nicht lustig, Morana. Es geht mir auf die Nerven, wenn ich jeden Tag diese Briefe sehen muss."

„Oh, wow, du solltest eigentlich Mitleid mit mir haben. Ich bin diejenige, die dir jeden Tag Briefe zukommen lässt und die hässliche beste Freundin ist. Also bitte, komm schon, hat mich jemals jemand dafür gemocht, wie ich aussehe?"

Sie sah mich an, ohne ein Wort zu sagen. Sie wusste, dass ich recht damit hatte, dass ich für die Jungs offensichtlich nicht hübsch war. Sie wollten Models wie Claudia. Lange Beine, gebräunte Haut und volles Haar. Ich dagegen hatte blasse Haut, kurze Haare und trug Jungenkleidung. Niemand konnte mir etwas anderes erzählen, nicht einmal Claudia oder Daniela.

„Ich meine, hör mal, für mich bist du einer der hübschesten Menschen auf dieser Welt, und ich denke, das solltest du wissen. Aber Morana, du weißt, dass diese Welt grausam ist und nur auf das Aussehen der Menschen achtet und nicht auf ihre Persönlichkeit. Jeder, der sagt, dass es keine Schönheitsnorm gibt, lügt. Sobald du nicht in diese Schönheitsnorm passt, wird dich niemand mehr beachten." Das hatte mich damals vielleicht sehr verletzt, aber es war die Wahrheit. Ich war nicht so, wie die Schönheitsnorm es zu dieser Zeit vorgab. Ich wollte es sein, nicht für die Leute, sondern für mich. Der einzige Grund, warum ich mich nie änderte, war, dass das kleine Kind in mir immer noch die Hoffnung hatte, dass Oliver eines Tages zurückkommen würde, also konnte ich mich noch nicht ändern.

„Aber was ist, wenn Oliver früher aus dem Gefängnis kommt und mich so sieht, wie er mich früher gesehen hat und nicht, wie er mich sehen sollte?"

„Morana, hör jetzt auf. Ich weiß, dass du das für Oliver tust, aber er wird nicht zurückkommen. Ich sage es dir nur ungern, aber hör auf, dich wie ein Kind zu benehmen. Er wird nicht zurückkommen! Ob du dich nun änderst oder nicht, wenn er dich nicht haben will, ist dein Aussehen egal."

Das war das erste Mal seit Monaten, dass ich wieder wegen meines Vaters weinen musste. Ich wusste, dass sie recht hatte, aber ich wollte nicht, dass sie recht hatte. Ich sah sie nur an und ging gefühlt mit einem vollem Rucksack Schuldgefühle davon.

Ich machte mich auf den Heimweg und weinte die ganze Zeit. Erstens, weil sie recht hatte, dass er nicht mehr zu mir zurückkommt und dass ich mich selbst zerstörte, nur damit er mich endlich sah. Und zweitens, weil ich wegging, ohne ein

Wort zu sagen. Ich wusste, dass ich hätte zurückgehen sollen und mich bei Claudia für mein Benehmen entschuldigen, aber ich konnte nicht. Claudia war meine beste Freundin und sie wusste das, also konnte sie mir nicht böse sein. Es war nur ein kleiner Streit. Und deshalb hörte ich auf, darüber nachzudenken. Nicht, weil es mich nicht mehr interessierte, sondern weil jemand vor mir stand. Es war Gianluca.

Ich ging schneller, damit er nicht merkte, dass ich ihn sah, aber er hatte es schon bemerkt. Er packte mich am Arm und zog mich näher zu sich heran. Obwohl ich ihn jeden Tag sah, veränderte sich sein Gesicht für mich in der Sekunde, in der ich ihn aus dieser Nähe sah. Er war älter geworden und hatte sich einen kleinen Bart wachsen lassen. Seine blauen Augen leuchteten immer noch wie früher, und sein hellbraunes Haar roch immer noch nach dem Shampoo, das er sich von seiner Mutter geliehen hatte. Seit unserem Streit war ich ihm nicht mehr so nahegekommen und hatte auch nicht mehr mit ihm gesprochen.

„Du Arsch, lass mich los", sagte ich lauter, als ich normalerweise rede. Ich konnte nicht glauben, dass dieser Moment tatsächlich passierte, und ich wollte nicht, dass er geschieht.

„Ich kann dich nicht gehen lassen. Nicht mehr, Morana."

„Aber du hast es schon einmal getan und ich werde es mir nicht noch einmal oder jemals wieder gestatten, zu dir zurückzukommen. Du hast mich gehen lassen und ich werde dich nicht wieder in mein Leben lassen." Ich bemerkte nicht einmal, dass mir Tränen über die Wangen liefen, erst als er sie wegwischte. Er wurde zärtlicher, sodass ich ihm meinen Arm aus der Hand reißen konnte. Er schaute mir in die Augen und ich sah Schuldgefühle. Aber warum sollte er mit mir reden wollen? Er hatte fünf Jahre Zeit gehabt, jeden einzelnen Tag dieser fünf Jahre, aber er tat es nie. Warum also jetzt?

„Ich weiß, was ich getan habe, okay? Es war dumm von mir, einen Diamanten wie dich für einen Stein wie Nancy fallen zu lassen, aber die Liebe hat mich verrückt gemacht. Jeden Tag habe ich daran gedacht, dich wieder zu treffen, wenn keine Menschen in der Nähe waren, weder Claudia noch die Jungs. Und jetzt ist der Tag gekommen, an dem ich mit dir allein bin und ich möchte dir sagen, dass es mir sehr leidtut, was passiert ist, und dass ich dich vermisse. Immer noch jeden einzelnen Tag."

„Also, du entschuldigst dich jetzt einfach und was dann?"

„Herrgott noch mal, Morana! Wie ich schon sagte, es tut mir leid. Bitte, lass uns einfach in den Park gehen, auf einer Bank Platz nehmen und reden. Normalerweise fluche ich nicht, aber du bringst mich dazu. Ich verspreche dir, dass es das Gespräch wert sein wird. Ich weiß, dass du es auch willst."

Eine Minute lang hatte ich nichts zu sagen. Ich wollte mir eine Ohrfeige geben, um zu sehen, ob es echt war, aber seine Hand lag schon wieder zu fest um meinen Arm, um es nicht zu glauben. Er hatte recht, ich wollte mit ihm reden. Ich hatte auch jeden Tag an ihn gedacht, aber wir waren beide zu stur, um es zuzugeben. Mein Kopf sagte mir, ich sollte nicht mit ihm gehen, aber mein Herz sagte, wenn nicht jetzt, dann nie wieder. Ich wusste also, was ich sagen musste.

„Du bist ein Arschloch und ich mag dich nicht. Aber ich vermisse dich und ich möchte mit dir reden. Aber glaube bloß nicht, dass ich dir verzeihen werde."

„Gut. Komm schon, ich habe dir eine Menge zu erzählen." Ich rollte mit den Augen und sagte, dass ich sofort wieder gehen würde, wenn er nicht in weniger als zwei Minuten etwas Wichtiges zu sagen hätte. Er lachte nur und ich sagte ihm, dass es da nichts zu lachen gäbe, woraufhin er noch mehr lachte. In diesen zehn Minuten, in denen wir unterwegs waren, schien es, als wären wir nie getrennt gewesen. Wir redeten nichts, aber ich konnte spüren, dass unsere Anziehung noch dieselbe war wie an unserem ersten Schultag. Als wir ankamen, setzten wir uns auf eine Bank und Gianluca sagte, dass er uns einen Eiskaffee besorgen würde.

„Du weißt, dass das einzige Café hier das ist, in dem Daniela arbeitet?" Das war seltsam, denn Daniela hatte mir erzählt, dass sich alle Jungs immer weigerten, dorthin zu gehen, außer wenn sie mit ihren Müttern kommen mussten.

„Ich weiß. Und ich muss mich auch bei ihr entschuldigen." Er blinzelte mir zu und ging. Was um alles in der Welt ist hier los? Fast fünf Jahre und jetzt will er plötzlich alles wieder gutmachen zwischen uns? Ich kam zu dem Schluss, dass er etwas brauchte, entweder von mir oder von Daniela. Das war sonst zu unwirklich.

Er kam nach einer Viertelstunde zurück und ich sah, dass seine Schulter ein wenig nass war.

„Lass mich raten, sie hat angefangen zu weinen, dich umarmt und dir dann einen Kaffee geschenkt, weil sie dich vermisst hat."

„Fast. Sie hat mich erst umarmt und dann geweint." Daniela war definitiv zu gut zu den Menschen. Ich war mir sicher, dass sie ihn sogar gebeten hatte, bei uns zu essen, bevor er mir überhaupt sagen konnte, dass sie es getan hatte. Er reichte mir meinen Eiskaffee und begann zu erzählen.

„Jetzt, wo ich die Erlaubnis von Daniela habe, dass ich mit dir reden darf, werde ich es um so lieber tun. Also fangen wir damit an, dass es mir aufrichtig leidtut, was passiert ist." Ich nahm einen Schluck von meinem Kaffee.

„Mhm. Ich verstehe, weiter …"

„Im Grunde hatte ich, als wir noch Freunde waren, ein Auge auf Claudia geworfen. Aber ich habe es dir nie erzählt, weil du die Hühner gehasst hast." Ich verschluckte mich fast an meinem Kaffee. Er hatte was?

„Du hast was?"

„Ich weiß, es hört sich komisch an, aber ich habe es einfach. Um mehr Kontakt mit ihr zu haben, habe ich so getan, als wäre ich in Nancy verknallt. Aber weil ich nicht mit ihnen und dir gleichzeitig zusammen sein konnte, habe ich mich für sie entschieden, und das war der größte Fehler, den ich je gemacht habe. Ich habe meine beste Freundin verlassen, ohne auch nur an die Schuldgefühle zu denken, die ich danach haben würde. Wenn ich ehrlich bin, hatte ich anfangs nur ein klein wenig ein schlechtes Gewissen, weil ich dich verlassen habe. Es war, als ob ich jetzt, wo du weg bist, frei wäre, Claudia zu haben. Ich dachte, wenn ich noch mit dir befreundet bin, würde Claudia mich nicht lieben, weil sie dich nie mochte, aber ich lag so falsch."

„Na, herzlichen Glückwunsch zu deiner Einsicht. Und du hast jetzt sogar Glück, die Geschichte interessiert mich, und ich werde dir weiter zuhören, obwohl deine zwei Minuten schon lange um sind."

Ich wusste nicht, ob ich ihn würgen sollte, bis er keine Luft mehr bekam, oder ob ich ihn umarmen wollte. Es stand 50/50.

„Wie ich schon sagte, schenkte ich Nancy all die Aufmerksamkeit und die Blicke, die sie brauchte, um mich in ihre Gruppe zu bekommen. Nach nicht mehr als zwei Wochen war ich drin und konnte meine ganze Zeit mit Claudia verbringen. Meine Beziehung zu Nancy begann aus dem Ruder zu laufen. Sie fing an, mich jedes Mal und buchstäblich überall wo wir waren zu küssen. Mit der Zeit wurde es immer peinlicher, vor allem, wenn ich sah, dass du mich mit ihr siehst. Alles ging schief, als Nancy merkte, dass ich mich für Claudia interessiere erst recht. Sie versuchte, sie aus der Gruppe zu drängen, und das gelang ihr auch, denn sie ging tatsächlich. Als sie in dieser 10-Uhr-Pause zu dir kam, wurde mir zum ersten Mal klar, dass ich einen großen Fehler begangen hatte." Nun, das alles ergab Sinn. Aber es war auch völliger Blödsinn.

„Willst du mir jetzt sagen, dass du es erst gemerkt hast, als sie die Gruppe verlassen hat?"

„Gewissermaßen, ja. Aber das heißt nicht, dass ich dich nur vermisst habe, weil du angefangen hast, nun mit Claudia rumzuhängen. Ich habe dich vermisst, weil du mein bester Freund warst, den ich für die Liebe glaubte verlassen zu müssen, und diese nun auch verloren habe."

„Du bist so ein Idiot. Ich habe dich sicher auch vermisst, aber ich denke trotzdem, dass wir so viel Zeit verschwendet haben, die wir miteinander hätten verbringen können."

„Ich auch, Morana." Und als ich auf sein Handgelenk sah, fiel es mir wieder auf. Er trug noch unser Freundschaftsarmband.

„Es tut mir leid, dass ich mein Freundschaftsarmband abgerissen habe, wie ich sehe, trägst du deins immer noch. Ich war in dem Moment so wütend auf dich, dass ich nicht mehr klar denken konnte. Ich bin mir sicher, dass Gabriel enttäuscht von uns wäre, weil wir unsere Freundschaft auf diese Weise zerstört haben. Wir haben das einzige Versprechen gebrochen, das wir ihm gegeben haben." Es war schwer, meine Tränen zurückzuhalten, und ich sah, dass auch Gianluca damit zu kämpfen hatte.

„Wir können vielleicht nicht ändern, was passiert ist, oder die Zeit zurückdrehen, aber ich habe eine kleine Überraschung für dich." Er holte etwas aus seiner Tasche. Es war mein Armband, das ich weggeworfen habe. Jetzt konnte ich die Tränen nicht mehr zurückhalten.

„Du hast es behalten, nachdem ich weggelaufen bin? Und warum trägst du es bei dir?"

„Weil ich wusste, dass wir uns eines Tages wiedersehen würden."

Wir umarmten uns und gingen zu mir nach Hause. Ich musste Claudia anrufen und ihr alles erzählen, aber dann fiel mir ein, dass ich ihm vielleicht etwas sagen sollte, was er wissen sollte.

„Wenn du es Claudia sagst oder jetzt ein Drama daraus machst, bringe ich dich um."

„Okay, werde ich nicht, versprochen. Claudia ist oder war auch in dich verknallt. Aber jetzt halt die Klappe und tu so, als wärst du nicht hier bei mir", sagte ich.

„Keine Sorge, du Dramaqueen, du, ich regle das alles." Ich rollte wieder mit den Augen und rief sie an.

Sie schrie so laut durch das Telefon, dass ich dachte, es würde einen kurzschluss bekommen oder mein Gehör platzt, wenn sie nicht aufhörte. Sie hat sich also gefreut, dass ich mich mit Gianluca ausgesprochen habe.

Sie freute sich auch darüber, dass es uns wieder gelang, eine neue Freundschaft erwachen zu lassen und dass sie gerne ein Date mit uns hätte, woraufhin ich Gianluca ansah und er beide Daumen nach oben streckte.

Den Rest des Abends spielten wir in unserem Garten Fußball und tranken die neuen Säfte, die Daniela gemacht hatte. Ich hatte das Gefühl, dass wir trotz all der Zeit nie getrennt waren. Auch wenn der Idiot fünf Jahre dazu gebraucht hatte.

KAPITEL ZWANZIG

Die Zeit verging so schnell, dass es sich anfühlte, als wäre alles in einer Sekunde passiert. Seit dem ersten Treffen mit Claudia, Gianluca und mir fingen wir an, uns jedes Wochenende zu treffen, und nicht nur das, auch Franco und Leonardo traten wieder in mein Leben, nachdem wir ein langes Gespräch geführt hatten. Und ja, Franco und Nancy trennten sich, aber niemand wusste anfangs davon oder wieso. Aber dafür hatten wir ein neues Paar, das sich bei uns ergab. Claudia und Gianluca verliebten sich ineinander, nachdem wir uns das erste Mal getroffen hatten. Ich will nicht gemein klingen, aber sie waren ekelhaft verliebt, aber meine besten Freunde glücklich zu sehen, machte auch mich glücklich.

Das Einzige, womit ich nicht zufrieden war, war immer noch mein Aussehen. Ich wollte weiblich sein und mich endlich so fühlen, also hatte ich ein zweitägiges Umstyling bei Claudia gemacht. Sie nahm ihre Arbeit sehr ernst, und ich sah danach wie ein ganz anderer Mensch aus.

Sie flocht mir Extensions ins Haar, um es länger zu machen. Zuerst gefielen sie mir nicht, aber kurz darauf fand ich sie toll. Sie waren nicht zu lang, sie reichten mir nur bis zu den Schultern, aber ich fühlte mich von Tag zu Tag wohler mit „meinen" langen Haaren. Wir gingen einkaufen, und es war das erste Mal, dass ich nicht auf die Jungenabteilung zusteuerte. Um ehrlich zu sein, war Claudia diejenige, die all meine Kleider aussuchte, denn ich hatte keine Ahnung, welche Farben mir stehen würden und welche nicht.

Zu meinem 17. Geburtstag schenkte mir Daniela eine riesige Schminkpalette, aber ich wusste nicht, wie man das ganze Zeug benutzte, also kam Claudia jeden Tag vor der Schule zu mir nach Hause und schminkte mich, bis ich es selbst konnte.

Endlich bekam ich das Selbstvertrauen, das ich mir immer gewünscht hatte, durch mein Aussehen. Ich zog mich nicht für andere Leute an, sondern für mich und um endlich meinen Vater zu vergessen. Um ehrlich zu sein, brauchte ich viele Therapiestunden, um zu lernen, wie ich ihn vergessen konnte, so ganz alleine habe ich das nicht geschafft. Es dauerte eine Weile, aber als ich nach all den Jahren endlich über ihn hinweg war, hatte ich die Freiheit, die ich immer haben wollte. Mein Leben begann wieder perfekt zu werden. Ich hatte die besten Freunde der Welt und natürlich meine Zia, und ich war endlich die, die ich all die Jahre hätte sein sollen und wollte. Ich fühlte mich schön in meinem eigenen Körper, und das würde sich um nichts in der Welt mehr ändern.

Das Einzige, das mir allerdings fehlte, war jemand, den ich auf romantische Weise lieben konnte. Jedes Mal, wenn ich sah, dass Gianluca und Claudia verliebt waren, fühlte ich mich ein bisschen einsam. Nicht, dass niemand mit mir zusammen sein wollte, ein paar Jungs fragten mich auf den Partys, auf die wir gingen, schon nach einem Date, aber ich fühlte mich in der Nähe von Männern nie wohl. Ich sprach auch mit meiner Therapeutin darüber. Sie meinte, es könnte etwas mit meinem Vater zu tun haben, so wie alles in meinem Leben, aber da war ich mir nicht so sicher.

Den ganzen Winter über musste ich mit Gianluca und Claudia Disney-Filme anschauen, mit Gianluca und Claudia Plätzchen backen und mit Gianluca und Claudia heiße Schokolade trinken. Ich war offiziell das dritte Rad am Wagen. Wenn du dich jetzt fragst, warum ich nicht stattdessen etwas mit Franco oder Leonardo unternahm, dann deshalb, weil sie auch Freundinnen hatten, die zwar nett waren, aber auch da wäre es so gewesen.

Versteh mich nicht falsch, Moony, ich schätzte es sehr, dass sie mich immer fragten, ob ich mit ihnen abhängen wollte, aber nach einer gewissen Zeit fühlte man sich immer einsamer.

„Mach dir keine Sorgen, Morana, der Richtige wird eines Tages kommen, du musst nur abwarten." Das sagten sie mir alle fast täglich. Ich wollte ihnen nicht glauben, denn das war ja etwas, das Freunde zu einem sagten, die selber ihr Glück gefunden hatten.

Bis ich mich im März wirklich verliebte.

Wir feierten Claudias 18. Geburtstag bei ihr zu Hause, der am 1. März war. Die Tage wurden wieder wärmer, sodass wir draußen feiern konnten, ohne einen Mantel tragen zu müssen. Ich war die Einzige, die keinen Alkohol trank, also musste ich alle Jungs um 2 Uhr nachts nach Hause fahren. Ich hatte damals zwar noch keinen Führerschein, weil ich noch nicht 18 war, aber hatte von Daniela schon gelernt, wie man fährt, und sie sagte immer, wenn die Polizei mich erwischen würde, dass ich ohne sie fahre, könnte ich ihnen gleich sagen, dass sie mich mitnehmen sollten, denn sie würde mich umbringen. Zum Glück ist ja nichts passiert. Das hört sich wirklich schlimm an und niemand sollte das jemals tun, das weiss ich jetzt.

Als ich sie alle sicher nach Hause gefahren hatte, ging ich auch heim. Es war immer noch nicht leicht für mich, in der Nähe von betrunkenen Menschen zu sein, aber ich wusste, dass sie mir nie etwas antun würden. Es waren meine Freunde, sie liebten mich und ich vertraute ihnen, also hatte ich nichts zu befürchten.

Ich öffnete die Tür und sah, dass Daniela immer noch mit unseren Nachbarn in der Küche sprach, während sie Kuchen aßen und Kaffee tranken.

„Was macht ihr denn noch so spät hier?", fragte ich sie alle. Normalerweise geht Daniela um 22 Uhr ins Bett, das war also sehr ungewöhnlich. „Bella, mein wunderschönes Mädchen! Wir haben vielleicht ein paar interessante Neuigkeiten für dich", sagte Caroline, die alte Dame, die neben uns wohnte, während sie mich über das ganze Gesicht küsste. Ihr Mann und sie waren die ersten Leute, die ich kennenlernte, nachdem ich zu Daniela kam und auch diejenigen bei denen ich immer war wenn Daniela arbeiten ging. Sie waren wirklich nett, aber viel zu anhänglich.

„Was gibt es Neues?", fragte ich.

„Da du jetzt eine schöne junge Frau bist, aber immer noch keinen Mann an deiner Seite hast, denke ich, dass ich den perfekten für dich gefunden habe! Du stehst doch auf Jungs, oder?" Das Letzte, was ich erwartet hätte und mir gewünscht hätte, war Single zu sein und dass meine sechzigjährige Nachbarin mir einen Freund besorgen muss. Aber ich war trotzdem neugierig und wollte wissen, wen sie meinte.

„Und wer sollte das sein?" Ich hoffte nur, dass es keiner aus meiner Schule ist.

„Also, ich und Louis bekommen nächste Woche einen süßen Jungen als Austauschstudenten aus den USA und wir sind schon ganz aufgeregt, ihn zu sehen! Er ist so ein hübscher Kerl, mein Schatz. Er hat blonde lange Haare und die dunkelsten Augen, die wir je gesehen haben. Natürlich habe ich ihm von dir erzählt und ihn gefragt, ob er Single ist. Und jetzt rate mal, er ist es!"

Ich wünschte mir jetzt fast, es wäre jemand aus meiner Schule gewesen. Wie peinlich war das denn? Ich stellte mir nur vor, wie er neben mir steht und dann sagt: „Oh hi, bist du nicht Morana? Das Mädchen, von dem Caroline und Louis gesprochen haben?" Ich schaute sie an und sah aus den Augenwinkeln, dass Daniela lächelte wie ein Honigkuchenpferd. Ich wollte nichts weiter sagen und brachte nichts als ein Dankeschön heraus, also ging ich nach oben und wollte mit Claudia darüber reden.

Aber sie war wahrscheinlich schon ins Bett gegangen und schlief. Ich wurde auch müde und schlief ein, während ich darüber nachdachte, dass dieser Typ nächste Woche neben mir einziehen würde. Für ganze sechs Monate.

Ich war an diesem Tag nervös, denn ich wusste, dass der Austauschschüler in ein paar Stunden ankommen würde. Ich wartete nur, bis die Schule vorbei war, damit ich mich darauf vorbereiten konnte. Ich erzählte meinen Freunden von ihm und Claudia sagte, dass sie ein gutes Gefühl bei ihm habe, und ich vertraute ihr obwohl wir beide ihn nicht einmal kannten.

Die Glocke läutete und ich rannte hinaus und ging schneller nach Hause, als ich sollte. Er würde in einer Stunde da sein, also hatte ich noch Zeit, mich zu schminken und fertig zu machen. Daniela stand an meiner Tür und sah, dass ich es eilig hatte.

„Freust du dich, dass der Junge kommt?"

„Im Moment mehr als auf alles andere, aber verrate es niemandem." Sie ließ mich in Ruhe, damit ich mehr Zeit hatte, mich zu beruhigen. Ich kann gar nicht sagen, warum ich so aufgeregt war, ihn zu treffen, ich wusste nicht einmal, ob er Italienisch sprechen konnte. Das Einzige, was ich wusste, war, dass er blonde lange Haare und dunkle Augen hat. Oh, und dass er Finneas hieß und neunzehn Jahre alt war.

Als ich hörte, wie ein Auto in Carolines und Louis' Garten fuhr, hörte mein Herz für einen Moment auf zu schlagen. Ich war nicht bereit, ihn zu sehen. Aber dann fiel mir ein, dass wahrscheinlich nichts zwischen uns passieren wird und dass ich mir wegen nichts Stress mache. Aber was war, wenn er der Richtige für mich war?

Ich ging nicht raus, wie ich es mit Claudia vorhatte, sondern schaute nur aus dem Fenster, das den perfekten Blick auf den Nachbarsgarten ermöglichte. Zuerst stieg Caroline aus dem Auto und dann er. Da war er. Ich konnte sein Gesicht von dort oben nicht sehen, aber ich konnte sagen, dass er aus jedem Blickwinkel umwerfend aussah. Ich beobachtete ihn etwa fünf Minuten lang, wie er seine Koffer aus dem Auto ins Haus trug. Ich starrte ihn buchstäblich an, als wollte ich in seine Seele blicken, als er endlich zu mir aufsah, er muss es gefühlt haben. Und da war er, unser erster Blickkontakt. Ich sah sofort weg, denn das war das Peinlichste, was ich je in meinem Leben getan hatte. Er erwischte mich dabei, wie ich ihn die ganze Zeit anstarrte. In dem Moment wünschte ich mir, ich würde einfach im Boden versinken und nie wieder auftauchen. Ich musste Claudia anrufen und ihr alles erzählen.

„Ich will ihn nie wieder sehen. Das war zu viel für mich. Ich werde jetzt versuchen, ihn in den nächsten sechs Monaten zu meiden." Ich geriet am Handy in Panik. Claudia konnte erst vor Lachen nicht mehr atmen, aber dann wurde sie ernst.

„Okay, hör zu. Mach dir nicht zu viele Gedanken darüber, er hat es wahrscheinlich schon vergessen. Er ist etwa zehn Stunden geflogen, er hat also andere Dinge im Kopf als das. Und wenn du ihn heute siehst, frag ihn, ob er mit uns in Danielas Café kommen will, da werden heute alle sein."

„Okay", antwortete ich und legte auf.

Draußen wurde es schon dunkel. Bevor ich ins Café gehen konnte, musste ich noch den Müll rausbringen. Als ich nach draußen zu den Containern ging, hörte ich jemanden hinter mir laufen. Als ich in Panik versuchte, schneller zu gehen, ging die Person hinter mir auch schneller. Ich hatte schon Angst, einen Mörder im Nacken zu haben, konnte mich nicht umdrehen und da begann ich aus Angst zu schreien. Als ich mich dann doch umdrehte, war ich noch verlegener als vorher. Finneas stand vor mir.

„Oh mein Gott, es tut mir so leid. Ich wollte nicht, ich meine, ich hatte nur Angst, du wärst ein Mörder und wolltest mich umbringen oder ein Entführer."

„Schon gut, es ist meine Schuld. Ich saß gerade im Garten und beobachtete dich beim Rausgehen, da wollte ich dich fragen, wo ich nachts am besten meine Zeit verbringen kann."

„Oh, ähm, ja. Klar. Also, ich und meine Freunde sind oft im Café meiner Tante am Abhängen, wenn du also Lust hast, heute Abend mit uns hinzugehen, kannst du gerne mit mir mitkommen."

„Äh, ja, klingt gut. Meinst du, ich kann da so mitgehen?" Er deutete auf sein Outfit. Er trug ein weißes T-Shirt, eine weite schwarze Hose und sah umwerfend aus.

„Klar, kannst du, wir gehen ja nicht auf den roten Teppich."

Er lachte und ich spürte, wie seine Wangen rot wurden. Aber ich konnte es ihm nicht verdenken, meine wurden auch rot.

Auf dem Weg zum Café versuchte ich, ein wenig Smalltalk mit ihm zu betreiben, was mir völlig misslang.

„Also, Finneas, warum hast du dich entschieden, sechs Monate lang hier zu leben? Ich meine, wir haben hier doch nichts Besonderes."

„Mein Name ist Finley."

„Oh, mein Gott, es tut mir so leid, Finley, ich wusste nicht, dass ich …"

„Ist schon okay, Morana. Übrigens, ich mag deinen Namen."

„Wirklich? Ich danke dir sehr."

Er lächelte mich an und wir gingen den Rest des Weges schweigend. Als wir ankamen, stand Claudia auf und umarmte mich, dann musterte sie Finley von Kopf bis Fuß und umarmte ihn ebenfalls.

„Du bist Finneas, richtig? Schön, dich kennenzulernen!"

„Eigentlich heiße ich Finley, aber auch schön, dich kennenzulernen!"

„Oh, das wusste ich nicht. Morana hat dich immer Finneas genannt, also …" Wenn Blicke töten könnten, hätte meiner Claudia auf der Stelle umgebracht.

Sie plauderte aus, dass wir über ihn gesprochen hatten. Das war mir so peinlich, dass mein Gesicht rot wurde. Ich sah, wie auch seine Wangen rosa wurden. Es herrschte gefühlt eine Stunde lang eine peinliche Stille zwischen uns dreien, bis die Jungs zu uns kamen und Finley aufforderten, sich zu ihnen zu setzen. Zuerst flüsterte ich Claudia etwas zu, weil sie definitiv nicht mehr normal war. Aber dann fing sie an, mich auszulachen, weil ich so nervös war, und ich lachte auch.

Den ganzen Abend lang passierte nichts Besonderes, bis alle Jungs und Claudia ein bisschen beschwipst waren und nicht mehr reden konnten, sondern über alles nur lachten. Finley und ich waren die Einzigen, die nichts getrunken hatten außer Eistee und Cola. Wir stritten uns auch darüber, ob Eistee mit Zitrone oder Pfirsich besser ist, und er war eindeutig derjenige, der für Pfirsich kämpfte.

„Leute, ich bin ein bisschen müde. Ich gehe jetzt nach Hause, gute Nacht, ihr beiden. Und gute Nacht, Finley." Ich schenkte ihm ein Lächeln und drehte mich um, um nach Hause zu gehen.

„Morana, warte." Jemand schrie hinter mir, und ich wusste sofort, dass es Finley war. Also drehte ich mich um und sah, dass er auf mich zuging.

„Ich bin auch ein bisschen müde, muss mich ausruhen." Ich nickte nur, aber in meinem Magen fuhren die Schmetterlinge bereits Achterbahn.

Auf dem Heimweg erzählte er mir, dass er in den USA lebte und dass seine Familie darüber nachdachte, nach Italien zurückzukehren. Er lebte damals im Süden Italiens und sie verließen das Land, als er etwa sieben Jahre alt war.

„Meine Eltern und Geschwister lieben Amerika, aber es ist einfach nicht mehr dasselbe wie damals, als wir hier lebten. Vielleicht kommen wir nach diesem Sommer wieder hierher zurück, das ist auch ein Grund, warum ich mich für Italien entschieden habe."

„Klingt toll."

„Was ist mit deiner Familie? Warum lebst du nur mit deiner Mutter zusammen?" Ich war noch nicht so weit, ihm alles zu erzählen, also musste ich etwas ändern.

„Meine Mutter starb, als ich noch klein war, und mein Vater starb kurz darauf, also musste ich bei meiner Tante wohnen."

„Oh, das tut mir sehr leid."

„Ist schon okay, danke."

Als wir wieder zu Hause ankamen, umarmte ich ihn zum Abschied und sagte ihm, dass wir morgen wieder im Café sind und dass er gerne kommen kann, wenn er möchte.

„Ich meine, ich habe ja sonst nichts zu tun, also warum nicht."

Ich winkte ihm ein letztes Mal zu und ging nach Hause. Ich würde lügen, wenn ich sagen würde, dass ich in dieser Nacht nicht von ihm geträumt hätte.

KAPITEL EINUNDZWANZIG

Also, Moony, was du wahrscheinlich von mir die ganze Zeit hören willst, kann ich dir jetzt verraten.

In der nächsten Woche gingen wir ins Café und er hatte etwas zu viel getrunken, denn er und die Jungs spielten Bierpong. Er verlor fast die ganze Zeit. Aber nicht nur er, sie hatten alle zu viel getrunken. Und auf dem Heimweg passierte es dann. Er küsste mich wie aus dem Nichts. Es war mein erster Kuss, und ich war sprachlos.

„Finley, du weißt nicht, was du tust, du bist betrunken."

„Morana, so betrunken bin ich eigentlich nicht, ich wollte mich nur nicht vor deinen Freunden blamieren und so tun, als wäre ich nüchtern. Ich komme aus dem Süden, und um betrunken zu werden, braucht man dort viel mehr als ein paar Biere."

Ich lachte und wir stritten uns dann darüber, wer besser Fußball spielen konnte. Er hat mir einfach nicht geglaubt.

Moony, am nächsten Tag trafen wir uns, damit es endgültig geklärt werden konnte, um Fußball zu spielen, es stellte sich heraus, dass er noch nie gespielt hatte und das nur behauptet hatte, um mich durcheinanderzubringen. Dann sagte ich ihm, dass er schon seit dem Tag, an dem er hierher kam, meine ganze Aufmerksamkeit hatte.

Unsere kleine Romanze wuchs von Tag zu Tag, an dem wir uns sahen, zu einer Liebe heran.

Nachdem er mit seinem Studium angefangen hatte und ich zur Schule ging, lief auch weiterhin alles einfach perfekt.

Daniela begann ihn genauso zu lieben wie ich, und so fragte er mich im Juni, ob ich nun offiziell seine Freundin sein wolle. Ich sagte ihm, das sei das Mindeste, was ich wolle nach diesen paar Wochen.

Ich verliebte mich nicht in Finley, weil er so gut aussah oder sich so verhielt, wie er es tat. Als ich ihm von meiner Familie erzählte und davon, wie ich lebte, bevor ich ihn traf, entgegnete er nichts, sondern nahm meine Hand und drückte sie. Er hat gemeint, das sei seine Art, mir zu sagen, dass er stolz auf mich sei, genau wie Daniela. Er vertraute mir an, dass, obwohl wir uns erst seit drei Monaten kannten, es sich mit mir wie ein ganzes Leben anfühlte.

Ich unterhielt mich fast jeden Tag mit ihm und seiner Familie online, und sie sagten mir, dass sie nach seinem Austauschsemester wieder nach Italien kommen und hier leben werden. Aber dieses Mal nicht im Süden, sondern nur zwanzig Minuten von meinem Wohnort entfernt.

Moony, ich habe vor Freude Luftsprünge gemacht, als sie mir das erzählten. Ich begann, seine Familie zu lieben, und sie liebten mich, und er hatte auch die süßeste kleine Schwester aller Zeiten.

Der Sommer, bevor ich 18 wurde, war der beste in meinem ganzen Leben. Es war auch unser Abschlussjahr, dass in dem ich mit meinen Freunden zum letzten Mal zusammen zur Schule ging. Als die Schulglocke läutete, platzte mein Gehör fast, ich empfand sie als extrem laut.

Elf Jahre, in denen wir zusammen in einer Klasse waren, waren nun vorbei. Aber Gott sei Dank war nur die Schule fertig, denn ich hatte immer noch meine Freunde, die mir nie wieder von der Seite weichen würden.

Die Sommerferien waren eine sehr lustige Zeit. Wir fuhren wieder alle zusammen zum Strandhaus, nur diesmal ohne Daniela und saßen einfach einen halben Tag am Strand. Wir sprachen über unsere Zukunft, über Kinder und darüber, was wir nach der Sommerpause machen wollten. Wir sprachen auch darüber, wie stolz Gabriel auf uns wäre, wenn er uns nach all den Jahren immer noch alle zusammen hier sehen würde. Manchmal denke ich, er ist der Grund dafür, dass wir alle wieder zueinander gefunden haben. Wenn ich ihn nur noch fünf Minuten umarmen könnte.

Als wir vom Strandhaus zurückkamen, feierten wir die ganze Nacht durch und redeten bis früh am Morgen am Lagerfeuer über die dümmsten Dinge überhaupt.

„Was wäre, wenn wir alle am Morgen aufwachen würden und Gummibärchen wären?", fragte Leonardo und brachte uns alle zum Lachen.

„Eigentlich war das eine richtige Frage."

Dann lachten wir noch mehr.

KAPITEL ZWEIUNDZWANZIG

„Ich kann nicht glauben, dass du morgen schon 18 wirst. Das ist so verrückt. Ich erinnere mich daran, als du noch ein kleines Baby warst und als ich dich im Krankenhaus zum ersten Mal im Arm hielt. Oh Gott, wer hätte gedacht, dass wir einmal hier zusammen leben würden?", fragte mich Daniela am Abend vor meinem Geburtstag, während sie auf der Kante meines Bettes saß und vollkommen aufgeregt war.

„Ich kann es auch nicht glauben. Und weißt du was? Ohne dich, wenn du mir nicht deine Hand gegeben hättest, um sie zu halten, hätte ich es nie so weit geschafft. Ich danke dir für alles, Daniela."

„Bitte bring mich nicht zum Weinen. Ich habe schon vor zehn Minuten geweint."

Ich fing an zu lachen und umarmte sie.

Es stimmte, sie ist der Grund, warum ich heute noch hier bin, lache und lebe. Die einzigen Momente, in denen ich an Oliver denke, sind die, in denen ich mich frage, wie mein Leben ausgesehen hätte, wenn Daniela nicht ins Zimmer gekommen wäre und uns gesehen hätte. Wäre ich dann noch am Leben? Ich wusste es nicht, und es ist besser, dass ich es nicht wusste.

„Gute Nacht, Schatz. Ich werde dich morgen früh wecken."

„Gute Nacht", sagte ich und schlief traumlos ein.

„Happy birthday to you, happy birthday to you, happy birthday, liebe Morana, happy birthday to you." Ich wachte auf, weil sechs Leute in meinem Zimmer sangen. Sie kamen alle, um mich zu umarmen und mir meine Geschenke zu geben. Gianluca und Claudia schenkten mir neue Fußballschuhe in der Farbe Grün, Franco und Leonardo besorgten mir eine Eintrittskarte für einen Abenteuerpark und Finley schenkte mir eine Kette mit einem kleinen Anhänger daran. Wenn man genau hinsah, konnte man erkennen, dass es ein Fußball war. Daniela schenkte mir den größten Teddybären der Welt und Blumen. Ich war an diesem Morgen die glücklichste 18-Jährige auf der Welt und konnte meine Party am Nachmittag kaum erwarten.

Ich ging an diesem Morgen zur Arbeit, weil ich einen Aushilfsjob im Krankenhaus angenommen hatte, um Menschen zu helfen, die nicht mehr laufen konnten. Es war schon immer mein größter Traum, etwas mit Medizin zu machen, aber ich muss hart dafür arbeiten und man fängt bekanntlich klein an.

Nachdem ich um 16 Uhr mit der Arbeit fertig war, kam ich nach Hause, duschte, machte mich fertig und um 18 Uhr kamen die ersten Gäste. Alle, die ich kannte, waren gekommen, sogar Finleys Eltern waren da.

Gegen 19 Uhr waren dann auch die restlichen Gäste angekommen und ich bekam die besten Geschenke aller Zeiten. Wir feierten wie immer in unserem Garten und hatten eine Menge Spaß. Daniela organisierte auch eine Band, die meine Lieblingsmusik spielen sollte. Alles lief super, bis sie anfingen, „Happy Birthday" zu singen.

Ich stand vor allen Leuten, trug mein smaragdgrünes Lieblingskleid mit hohen Absätzen, in denen ich nicht laufen konnte, und schaute mir die singende Menge an, es waren ungefähr sechzig Personen da, und ich lächelte sie alle nur an.

Als ich mich in der Menge umsah, bemerkte ich jemanden, der ganz hinten stand und den ich zuerst nicht erkannte. Es war seltsam, denn ich sehe sie alle jeden Tag, also musste ich genauer hinsehen, und als ich seinem Blick begegnete, hörte die Welt sich für mich auf zu drehen.

Ich blinzelte noch einmal, um zu sehen, ob ich auch nicht halluzinierte.

Er stand immer noch da und lächelte.

Ich konnte nicht glauben, was ich sah. Es war der unvergleichliche, wahrhaftige Oliver Caslano.

„Stoppt die Musik, sofort!", rief ich laut.

„Hört JETZT auf!" Und sie hörten auf. Alle sahen mich verwirrt an und überlegten, was passiert sein konnte.

„Morana, du musst jetzt stark sein. Du bist nicht mehr schwach, du bist kein kleines Mädchen mehr. Du hast dein ganzes Leben auf diesen Moment gewartet und dich vorbereitet. Gib jetzt nicht nach", dachte ich bei mir.

„Bella, was ist passiert?", fragte mich Daniela, doch ich ignorierte ihre Frage.

„Komm schon, Oliver. Zeig dich." Als ich das sagte, drehten sich alle um und sahen ihn. Alle Anwesenden wurden augenblicklich still.

Er schritt auf mich zu, bis er nur noch etwa einen Meter von mir entfernt stand. Trotzdem sagte niemand etwas.

„Warum machst du so ein böses Gesicht? Ich bin den ganzen Weg hierhergekommen, um dir zum Geburtstag zu gratulieren. Ist daran etwas falsch?", fragte er mit seiner charmanten Stimme, die ich nur zu gut kannte und die genauso schlecht war wie sein Charakter.

„Oliver, geh weg!", rief Daniela laut, doch er ignorierte sie.

„Oh, hallo, schöne Schwester. Oh, Ella, Ella, Ella. Es ist schon elf Jahre her, seit ich dich das letzte Mal gesehen habe, du bist alt geworden."

Ich konnte ihn nicht ansehen. Ekel kam in mir hoch.

Ich hörte, wie meine Freunde ihn anschrien, er solle gehen, aber er ignorierte sie. Er sah mich nur an und ich ihn, als wären wir die einzigen Menschen auf diesem Planeten.

„Warum bist du hier, Oliver?"

„Ich habe es dir schon gesagt, es ist der 18. Geburtstag meiner Tochter. Welcher Vater würde den Tag verpassen, an dem sein Kind erwachsen wird?"

„Du bist nicht mehr mein Vater. Ich habe zehn Jahre darauf gewartet, dass du zurückkommst. Ich habe alles getan, damit du mich wieder zu dir holst. Ich bin durch die Hölle gegangen, als ich mit dir gelebt habe. Aus tiefstem Herzen hasse ich dich. Ich hasse dich mit allem, was ich habe. Du hast mich nicht verdient."

Meine Tränen liefen unkontrolliert herunter und meine Wangen waren nun voller schwarzer Wimperntusche.

„Sieh dich an. Nutzlos wie deine Mutter. Ich wollte immer ein glückliches Leben mit ihr führen, gemeinsam alt werden und sterben. Aber es ist nie so weit gekommen, weißt du, warum? Weil eine Hure geboren werden musste, die meine Frau umbringt, und dann nimmt sich die kleine Hure das Recht, auch noch ihre Schönheit zu stehlen."

„Es war nie meine Schuld, Oliver. Ich habe keine Angst mehr vor dir."

„Warum weinst du dann, wie du es immer getan hast, wenn du keine Angst vor mir hast?"

„Weil du mir verdammt noch mal leidtust! Ich fühle mich schlecht wegen dem, was mit dir passiert ist. Ich fühle mich schlecht, weil du zu einem Monster geworden bist. Ich fühle mich schlecht für dich, weil du nie ein Vater sein konntest. Verstehst du das nicht? Ein verdammter Drogendealer war ein besserer Vater, als du es je gewesen bist. Du tust mir leid!"

Ich schrie so laut, bis ich keine Luft mehr bekam. Es fühlte sich surreal an, dieses Gespräch mit meinem Vater zu führen und doch war er da.

Ich schaute ihm in die Augen und sah, dass er mir wieder wehtun wollte, aber er wusste, dass er es nicht konnte.

Wir starrten uns an, bis ich hörte, wie einer meiner Nachbarn, sein Name war Nico, laut rief, dass er die Polizei gerufen hatte und sie komme, wenn Oliver nicht in weniger als zehn Sekunden verschwinden würde.

Ich wusste, dass Oliver vor allem Angst vor der Polizei hatte. Als Nico das sagte, schaute Oliver weg und ging.

Er verließ mich zum zweiten und letzten Mal in meinem Leben. Er ging mit null Prozent Stolz. Er ging diesmal, ohne die Schlacht gewonnen zu haben.

Jetzt war es an mir zu gewinnen.

Weißt du, Moony, ich habe immer gedacht, dass das Treffen mit meinem Vater etwas Besonderes sein würde, aber auf eine gute Art. Leider erwies sich keine meiner Erwartungen als wahr. Nachdem er an meinem Geburtstag gegangen war, wollte ich in mein Zimmer gehen und weinen, aber dann erinnerte ich mich daran, dass es genau das war, was er gewollt hätte. Er war nicht gekommen, um mir zum Geburtstag zu gratulieren. Er war gekommen, um einen der wichtigsten Tage in meinem Leben zu zerstören. Und ich würde es nicht zulassen, nicht dieses Mal, nie wieder!

Anstatt die Party zu verlassen und alle aufzufordern, zu gehen, sagte ich der Band, sie sollte die Musik noch lauter machen, und ich sagte Daniela, sie sollte noch mehr Getränke mitbringen, damit wir die ganze Nacht feiern könnten.

Ich wusste, wie wütend all die Leute waren, die dort standen, und dass sie mich für das, was passiert war, bemitleiden wollten, aber das ließ ich nicht zu, diese Zeit war jetzt vorbei. Ich war eine Frau, eine starke Frau, um genau zu sein, und ich wusste es besser, keiner würde mich je wieder bemitleiden und wegen mir traurig sein.

Meine Freunde kamen zu mir und sagten, dass sie unglaublich stolz auf mich waren. Finley drückte mir natürlich die Hand und gab mir einen Kuss. Daniela hingegen musste erst einmal all ihre Emotionen sortieren, bis sie mich wieder ansehen konnte, ohne weinen zu müssen. Ich nahm sie in den Arm, umarmte sie und bestätigte ihr, dass ich es endlich geschafft hätte. Nicht nur, dass ich ihn jetzt vor all den Leuten, die ich kannte, abgewiesen hatte, sondern auch, dass sie der Grund dafür waren, dass ich ihm die Stirn bieten und sagen konnte, was er zu hören verdiente und ich ihm schon mein Leben lang sagen wollte.

Der Rest der Party wurde wild. Einige Leute tanzten, andere hatten zu viel getrunken, so dass sie verschiedene Spiele versuchten und am Ende auf dem Boden lagen. Ich konnte es kaum erwarten, mit all den Menschen, die ich liebte und die mich liebten, älter zu werden, ohne an diejenigen denken zu müssen, die es nicht verdient hatten und meine Zeit nicht wert waren.

Moony, normalerweise fühle ich mich schlecht, wenn ich unhöflich und gemein zu Menschen bin. Aber bei Oliver verspürte ich nicht einen Funken Reue.

Ich war froh, dass mein Leben weiterging, ohne dass er ein Teil davon war. An diesem Tag schloss ich alle Türen zu meiner Vergangenheit, von nun an konnte ich endlich vorwärts schauen. Ich war frei.

KAPITEL DREIUNDZWANZIG

Mein Leben nachdem Oliver gegangen war fühlte sich frei an. Jetzt, wo ich ihm gezeigt hatte, dass ich stärker geworden war als er, wusste ich, dass er nie wieder zurückkommen würde. Die ganze Zeit über war der einziger Grund für ihn, mich zu sehen, der, mir zu beweisen, dass ich schwächer war als er. Er brauchte jemanden, den er mit seinen Füßen treten konnte, jemanden, von dem er wusste, dass diese Person ihn liebte und ihn nicht verlassen würde, egal was er auch machte.

Ich denke immer noch an ihn und meine Mutter. Ich würde gerne alles über ihre Beziehung und ihr Leben wissen, aber ich werde, wie ich dir schon erzählt habe, nie erfahren, wie es wirklich zwischen ihnen war.

Also, Moony, wie mein Leben bis zu dem Tag, an dem wir uns kennengelernten, verlief, war eine wahre Achterbahnfahrt der Gefühle.

Nachdem ich 21 wurde, zog ich mit Finley in ein anderes Dorf. Ich wollte nicht zu weit weg von zu Hause sein, also zogen wir in ein Haus etwa zehn Minuten entfernt. Claudia und Gianluca kamen mit der Umstellung, zehn statt fünf Minuten zu unserem Haus zu laufen, nicht wirklich zurecht und zogen nur ein paar Wochen später neben uns ein.

Finley und ich verlobten uns, als wir im Urlaub in das Strandferienhaus fuhren, das nun unser Strandferienhaus war. Die Vermieterin, also Danielas Freundin, hatte es uns allen geschenkt, nachdem sie erkannt hatte, dass sie genug vom Strand hatte und ein Haus auf dem Land haben wollte. Nun teilten wir uns alle das Haus und verbrachten jeden Sommerurlaub dort. Wir stellten einen kleinen blauen Fußball auf eines der Möbel, der uns an Gabriel erinnern sollte. Sein Leben wurde viel zu früh beendet, und ich dachte immer noch jedes Mal an ihn, wenn wir in das Haus gingen.

Kurz nach der Verlobung bestand ich auch mein Examen als Ärztin. Finley arbeitete als Wissenschaftler. Wir feierten beides in dem Café, in dem Daniela arbeitete. Als sie hörte, dass wir bald heiraten würden, weinte sie mit einem Auge über das Glück, das sie mit uns teilte, und mit dem anderen, weil sie wahrscheinlich nie heiraten würde. Ich verstand nicht, und werde es wohl auch nie verstehen, warum die Männer nicht mit ihr ausgehen wollten. Sie war gutaussehend und hatte den besten Charakter, den ein Mensch haben kann.

Ich versuchte, ihr zu erklären, dass eine Frau keinen Mann an ihrer Seite braucht, um glücklich zu sein, aber sie ignorierte diese Tatsache, denn das hatte sie bereits erkannt.

Unsere Hochzeit war einer der schönsten Tage in meinem Leben. Jetzt waren wir endlich Signore und Signora Rossi, offiziell.

Vielleicht hatte ich keinen Vater, der mich zum Altar führte, aber Gianluca übernahm diese Aufgabe und es war eine Ehre für ihn. Ich bat Claudia, meine Trauzeugin zu sein, und sie stimmte natürlich zu.

Bei meiner Hochzeit ließ ich drei Stühle frei, auf zwei davon standen Kerzen. Ein Stuhl war für meine Mutter, von der ich mir wünschte, dass sie mich nur einen Tag lang in meinem Leben wirklich sehen konnte.

Der zweite Stuhl war für meinen Freund Gabriel. Ihm zu Ehren trug ich bei meiner Hochzeit sogar unser Armband des Versprechens. Ich wusste einfach, dass er es sah und von dort oben lachte.

Der dritte Stuhl, auf dem keine Kerze stand, war für meinen alten besten Freund. Die Person, die mir das Gefühl gegeben hatte, jemanden zu haben, mit dem ich reden konnte, wenn ich allein war. Die Person, die die Vaterrolle übernommen hatte, ohne es zu müssen, weil mein richtiger Vater es nicht konnte. Der Stuhl war für Pete. Ich bin mir sicher, dass er gekommen wäre, wenn ich irgendwie mit ihm in Kontakt getreten wäre und ihm die Einladungskarte für meine Hochzeit hätte geben können. Ich wünschte mir immer noch, ich hätte mich von ihm verabschieden und ihm für alles danken können, was er für mich getan hatte. Er hat wahrscheinlich nie realisiert, wie viel er mir bedeutete.

In unseren Flitterwochen fuhren wir dorthin, wo Finley gelebt hatte, als er in den USA war. Ich war noch nie geflogen und auch noch nie in einem anderen Land als Italien.

Ich kann sagen, dass Amerika ein schönes Land ist, vor allem Texas, aber bereits nach ein paar Tagen sehnte ich mich schon nach Italien zurück.

Nach den zwei Monaten, die wir weg waren, kamen wir zurück und wurden mit einer der tollsten Neuigkeiten überhaupt überrascht.

„Wir sind schwanger!", verkündeten uns Claudia und Gianluca. Das war eine der besten Nachrichten, die ich mir vorstellen konnte. Wenn man erfährt, dass die beiden besten Freunde ein Baby bekommen, kann man sich einfach nur freuen.

Claudias Schwangerschaft war aber eher deprimierend als schön. Ich kann gar nicht mehr zählen, wie oft sie mich anrief, um ihr beizustehen. Am Anfang liebte ich es, ihr zu helfen. Aber nach einer gewissen Zeit war ich nur noch da, um den Fernseher einzuschalten oder sonstige Kleinigkeiten zu übernehmen. An manchen Tagen sprach Claudia über Gianluca, als wäre er der König der Könige, und an anderen Tagen nannte sie ihn „piccolo inutile bastardo". Es war nicht so, dass ich ihr nicht helfen wollte, aber Claudia war trotzdem der nervigste Mensch auf Erden während dieser Zeit. Sie brauchte meine Unterstützung bei buchstäblich allem und weil ich ihre beste Freundin war, musste ich ihr ja helfen. Dafür sind beste Freundinnen doch da. Um dir zu helfen, egal was passiert, ob es nötig oder unnötig ist.

Sie brachte einen kleinen Jungen zur Welt und nannten ihn Dario, was Gabriels zweiter Vorname war.

Falls du es nicht wusstest: Ich war die Assistenzärztin, die ihr bei der Geburt half. Ich erlebte viele Phasen, die Claudia während der Schwangerschaft durchmachte, aber nach der Geburt betete ich zu Gott, dass dies das letzte Mal war, dass ich ihr behilflich sein musste. Das Erste, was sie sagte, nachdem sie Dario in den Händen hielt, war: „Ich werde nie wieder Model sein können!"

Aber, Moony, das verspreche ich dir, sie liebt ihn von ganzem Herzen.

Nach Claudia und Gianluca bekamen Franco und seine Frau eine Tochter, und nach ihnen bekamen Leonardo und seine erste Frau auch eine Tochter.

Leider bekommt er sie nicht oft zu Gesicht, weil sie sich kurz nach ihrer Geburt scheiden ließen.

Wie auch immer, Finley und ich waren die Einzigen, die noch kein Baby hatten. Nicht, dass wir es nicht versucht hätten oder es nicht wollten, aber es klappte einfach nicht. Ich war glücklich darüber, dass alle meine Freunde das Elternglück erfahren haben, aber was war mit uns? Ich wollte schon immer Mutter sein, wenigstens ein Mal dieses Gefühl erleben dürfen.

Finley und ich beschlossen, in ein spezielles Krankenhaus zu gehen und einen Test zu machen, um zu sehen ob wir überhaupt in der Lage waren, Kinder zu bekommen.

Als wir nach der Untersuchung nach Hause fuhren, wartete ich meinen ganzen freien Tag auf den Anruf. Und dann kam er.

„Frau Rossi, es tut mir so leid, Ihnen das sagen zu müssen, aber der Test, den wir bei Ihnen gemacht haben, war negativ. Es tut mir so leid und ich hoffe, Sie können das verstehen."

In diesem Moment brach für mich eine Welt zusammen. All die Jahre, in denen ich mir gewünscht hatte, Mutter zu werden, nachdem alle meine Freunde das Glück bereits erleben durften, war es unmöglich gewesen. Es war, als hätte jemand all meine Träume für die Zukunft vernichtet und mir einfach weggenommen.

„Aber können Sie mir den Grund dafür nennen?", fragte ich.

„Also, es gibt viele Gründe, warum Frauen nicht schwanger werden können. Aber in Ihrem speziellen Fall haben wir eine völlig vernarbte Gebärmutter entdeckt. Ihr Mann tut Ihnen doch nicht weh, Frau Rossi, oder?" Ich konnte es nicht glauben. Ich wusste, woher diese Vernarbungen kamen. Sie stammten von meinem Bastardvater. Ich kann nicht mehr zählen, wie oft er mich in den Unterleib getreten hatte. Er hat nicht nur meine Vergangenheit zerstört, sondern auch meine Zukunft.

„Nein … nein, mein Mann tut mir nicht weh. Danke für den Anruf." Sie wollte noch etwas sagen, aber ich legte auf.

Ich wollte nichts mehr hören oder wissen. Ich konnte kein Kind bekommen und es war alles wieder einmal seine Schuld.

Als ich Finley davon erzählte, meinte er, es wird schon gut gehen. Ich schrie in an, es wird nicht gut werden und er soll aufhören weiter zu hoffen.

Ich rief Daniela an und erzählte ihr, dass ich wegen Oliver nie Kinder bekommen würde. Sie tröstete mich, dass ich mir keine Sorgen machen muss und dass vielleicht doch alles wieder gut wird. Doch ich wusste es besser. Ich fühlte es.

Als ich auf dem Weg war, es Claudia und Gianluca so schonen wie möglich zu erzählen, mussten sie mir erst noch etwas anderes mitteilen. Sie waren erneut schwanger. Ich fing an zu weinen, weil ich mich schlecht fühlte und genau so etwas jetzt nicht hören wollte, weil ich mich nicht für sie freuen konnte. Sie dachten jedoch, ich würde weinen, eben weil ich mich für sie freute.

Auf dem Heimweg fühlte ich mich immer noch schlecht, weil ich eine miese beste Freundin war und mich einfach nicht für die beiden freuen konnte.

Doch nach einiger Zeit fühlte ich überhaupt nichts mehr.

KAPITEL VIERUNDZWANZIG

Ich dachte manchmal daran, dass es vielleicht nicht nur Olivers Schuld war, dass ich kein Kind bekommen konnte. Vielleicht war es mein Karma, weil ich nie ein Mädchen sein wollte. Ich hasste meine Brust, meine Periode und mein Aussehen, einfach alles an mir als ich ein Teenager war.

Die Zeit nach der Diagnose war die schlimmste in meinem Leben. Ich schämte mich dafür, dass ich als einzige meiner Freundinnen keine Kinder hatte. Ich lebte mit der Angst, dass Finley mich nach all dem vielleicht auch verlässt, aber Gott sei Dank blieb er bei mir.

Daniela war für mich da, wie sie es schon immer gewesen ist. Sie kam fast jeden Tag zu uns nach Hause und hatte das Gefühl, sich um mich kümmern zu müssen. Sie sagte es nie, aber ich glaube, sie befürchtete, dass ich eine Alkoholsucht entwickeln könnte wie mein Vater. Tatsächlich fing ich an, ein wenig mehr zu trinken, aber ich wurde nie betrunken, ich wollte einfach den Schmerz nicht mehr fühlen. Ich wusste auch, dass Alkohol nur dazu führen würde, dass ich ein Arschloch werden würde, also blieb es bei einem Glas Wein an jedem zweiten Tag.

Um ganz ehrlich zu sein, kaufte ich mir auch eine Zigarettenschachtel. Als ich aber nach Hause kam und eine Zigarette herauszog, um sie zu rauchen, erinnerte ich mich daran, was ich Pete versprochen hatte. Ich teilte noch nie in meinem Leben etwas schneller in zwei Hälften als diese Zigarette.

Während dieser Zeit fing ich auch an, nachts viel mit meiner Mutter zu reden. Ich hatte das noch nie getan, aber es fühlte sich richtig an, es jetzt zu tun. Ich fragte sie, warum sie mich allein gelassen hatte. Ich hatte so viele Fragen an sie, aber natürlich bekam ich nie eine Antwort. Eines Nachts wurde ich sogar so wütend auf sie, dass ich anfing, den Himmel anzuschreien. „Weißt du was? Vielleicht kann ich nie im Leben Kinder haben, aber ich weiß ganz sicher, dass ich eine bessere Mutter gewesen wäre als du!" Ich wusste, dass das sehr egoistisch klang, denn ich wusste auch, dass sie ein großartiger Mensch war und wahrscheinlich eine großartige Mutter gewesen wäre. Aber in diesem Moment hasste ich sie nur dafür, dass sie mich allein gelassen hatte.

Während Claudias zweiter Schwangerschaft war ich natürlich wieder an ihrer Seite. Ich unterstützte sie mit allem, was ich hatte, und passte auf Dario auf, wenn sie beide mal Zeit für sich brauchten. Ich würde lügen, wenn ich behaupten würde, dass ich mir Dario nie als mein eigenes Kind vorgestellt hätte. Es fühlte sich gut an, in seiner Nähe zu sein, besonders, wenn er mich seine Zia nannte. Ich will nicht angeben, aber er verriet mir sogar einmal, dass ich eine bessere Tante war als Claudias Schwester. Darauf war ich sehr stolz.

Während ich Claudia wieder beistand und mit Dario meine Freizeit verbrachte, hörte ich auf, Wein zu trinken, und es ging mir tatsächlich besser. Natürlich waren die ersten vier Monate furchtbar für mich. Ich konnte kein einziges Kind haben, und meine beste Freundin war gerade dabei, ihr zweites zu bekommen. Ich weiß nicht genau, wodurch ich mich besser fühlte, aber ich glaube, es war, dass ich mir selbst immer wieder gesagt habe, dass ich mich selbst wegen Oliver nicht schon wieder im Stich lassen durfte und an mir anfing zu zweifeln. Ich hatte immer noch das Gefühl, dass es auch meine Schuld war, aber hauptsächlich war es seine Schuld, dass meine Gebärmutter zerstört war. Auch Finley freute sich für mich, dass ich nach all den Monaten des Leidens um den Verlust meines Traums, ein eigenes Kind zu bekommen, endlich wieder ein Lächeln trug. Denn er war immer für mich da gewesen und hat mich unterstützt.

Ich begann wieder zu fühlen und freundete mich mit der Tatsache an, keine Mutter zu werden. Ich war eine tolle Tante, eine gute beste Freundin und nach Danielas Meinung die beste Nichte überhaupt. Und natürlich auch die beste Ehefrau der Welt, das behauptet zumindest Finley.

Ich lebte mein Leben und ging bis spät in die Nacht auf Partys, konnte mich hundertprozentig auf meinen Job konzentrieren und hatte meinen Mann, der auf mich wartete, wenn ich nach der Arbeit nach Hause kam. Anders als alle meine Freunde, die sich um ihre schreienden Kinder kümmern und gleichzeitig arbeiten mussten, kümmerten wir uns nur um uns selbst. Nicht, dass ich mich nicht für sie gefreut hätte, aber ich war auch ein bisschen froh, dass ich das alles nicht machen musste.

Natürlich versuchte ich, ihnen so gut wie möglich zu helfen, indem ich ein Mal im Monat als Babysitter einsprang, aber ich lebte mein Leben für mich und nicht für jemand anderen, außer für Finley.

Es war verrückt, wie schnell sich mein Leben in so kurzer Zeit verändern konnte. Acht Monate zuvor hätte ich mir selbst nicht geglaubt, wenn ich mir gesagt hätte, dass ich mal froh bin, weil ich keine Kinder habe, um die ich mich kümmern musste. Ich hätte es nicht geglaubt, wenn man mir gesagt hätte, dass ich gar keine Kinder mehr haben wollte. Dass ich glücklich war, eine junge und attraktive Frau zu sein, die mit ihrem Mann zusammenlebt und ihr Leben zu zweit genießt.

Bis, wie immer, alles in meinem Leben eine andere Wendung nehmen musste.

Es war zwei Monate, nachdem Claudia einen weiteren Sohn namens Julien zur Welt gebracht hatte.

Übrigens nannte ich ihn so, weil ich den Namen aussuchen durfte, und er war eines der süßesten Neugeborenen, die ich je sah. Und ich habe schon viele gesehen. Ich will jetzt nicht gemein klingen, aber als sie ins Krankenhaus kam und verkündete, dass sie jetzt so weit war zu entbinden, ließ ich mir sofort eine Ausrede einfallen und nahm den Tag frei.

Ich liebe Claudia von ganzem Herzen, aber ich werde es nie vergessen, wie es ist, mit ihr in einem Raum zu sein, während sie ein Baby zur Welt bringt.

Zuerst war sie ein bisschen sauer, dass sie einen anderen Arzt nehmen musste, aber sie hatte andere Probleme, um die sie sich kümmern musste, als die Arztwahl.

Wie gesagt, zwei Monate später waren wir zu Claudias Geburtstagsparty eingeladen, und Finley und ich waren nur eine Stunde, bevor die Geburtstagsparty losging erst nach Hause gekommen. Wir kamen aus dem Urlaub, hatten die letzten drei Wochen in Costa Rica verbracht. Meine blasse Haut war sehr schön gebräunt und dadurch waren auch meine Sommersprossen noch deutlicher sichtbar.

„Hast du das Geschenk?", fragte ich Finley, bevor wir das Haus verließen. Es war ja nicht so, dass wir keine Nachbarn wären und wenn wir das Geschenk vergessen würden, könnten wir gleich zurückgehen. Ich wollte trotzdem sichergehen, dass wir es dabeihaben.

„Ja, hab ich. Vielleicht ist es nur das italienische Heimatgefühl, aber du siehst hübscher aus als sonst." Auch wenn es als Kompliment gemeint war, wurde ich leicht wütend auf ihn, weil er das sagte.

„Finley, was soll der Scheiß? Wenn du erwartest, dass ich mich für ein solches Kompliment bedanke, liegst du falsch. Willst du damit sagen, dass ich jetzt hübscher bin? Ich sollte immer hübsch für dich sein." Während ich das sagte, liefen mir die Tränen herunter. Das lag wahrscheinlich daran, dass ich am Jetlag litt und an den schlaflosen Nächten in letzter Zeit, so dachte ich zumindest, denn anders konnte ich mir mein Verhalten selbst nicht erklären.

„Okay, es tut mir leid, dass ich das gesagt habe. Du bist immer wunderschön", sagte er, während seine Wangen rot wurden. Ich fühlte mich schlecht, weil ich wegen eines Kompliments ausgeflippt war, aber ich sagte nichts mehr dazu. Wir gingen aus der Tür und klingelten wenig später an der Tür von Claudia und Gianluca. Dario öffnete und fiel mir in die Arme, weil er sich so sehr freute, mich wiederzusehen.

„Hallo, mein Kleiner, ich habe dich auch sehr vermisst. Ich habe auch ein Geschenk für dich aus Costa Rica", sagte ich ihm. Seine Augen weiteten sich, als hätte er gerade einen Dinosaurier auf einem Regenbogen laufen sehen. Ich brachte ihm eine süße Halskette mit einem Haizahn und eine Menge Süßigkeiten mit. Er aß alles in etwa einer Stunde auf, außer die Halskette natürlich.

„Hallo, Leute! Wir haben euch vermisst", riefen Gianluca und Claudia laut.

„Alles Gute zum Geburtstag, Bella. Wir haben dich auch vermisst, aber es waren zum Glück nur drei Wochen, in denen wir uns nicht jeden Tag gesehen haben."

Claudia nahm uns in den Arm und danach umarmte ich auch Gianluca fest.

„Wo ist Julien?", fragte ich.

„Oh, er schläft oben. Willst du ihn gleich sehen?"

„Natürlich will ich."

Als wir die Treppe hinaufgingen, bemerkte ich, dass Claudia mich die ganze Zeit anstarrte.

„Stimmt etwas nicht mit mir oder wieso starrst du mich so an?"

„Nein, nein. Mach dir keine Sorgen," sagte sie mit einem nervösen Lächeln. Ich nickte und ging zu dem Zimmer, in dem Julien schlief. Er war so groß geworden und sah Gianluca noch ähnlicher als das letzte Mal, als ich ihn gesehen hatte.

Während ich ihn schlafend auf den Arm nahm, sah ich, wie Claudia mich weiter anstarrte. Ich wurde wütend und wollte wissen, was mit ihr oder mit mir nicht stimmte.

„Jetzt mal im Ernst, Claudia, was in aller Welt ist los mit dir?" Sie sah mich an, verlegen darüber, dass sie erwischt wurde.

„Nichts! Es ist nur so, dass du, du könntest …"

„Ich könnte was?"

„Du könntest ein bisschen zugenommen haben, während du in Costa Rica warst. Ich meine, du siehst umwerfend aus, aber du bist definitiv nicht mehr so dünn."

Ich meine, ja, es stimmte, dass ich vielleicht ein oder zwei Pfund zugenommen hatte, aber ich wusste nicht, dass es so offensichtlich war.

„Die haben dort einfach tolles Essen", sagte ich.

„Na, dann. Schön, dass du wieder da bist."

Wir gingen wieder nach unten und begannen, mit ihrer ganzen Familie und unseren Freunden zu feiern.

Die Stimmung war anfangs gut. Ich tanzte, lachte und trank ein Glas Rotwein. Als die Torte kam und wir „Happy Birthday" sangen, musste ich mich plötzlich auf den Boden übergeben.

„Oh mein Gott, das tut mir so leid." Es war mir noch nie etwas so peinlich wie in diesem Moment. Ich wusste nicht, was mit mir los war. Seit ich ein Kind war, musste ich mich nicht mehr übergeben.

Alle stürzten sich gleich auf mich, und ich wurde nervös, aber Claudia sagte mir, dass alles in Ordnung sei und bat Finley, mich nach Hause zu bringen. Ich entschuldige mich ungefähr hundert Mal bei ihr. Sie sagte, das müsse ich nicht, denn es sei alles in bester Ordnung.

Ich entschuldigte mich trotzdem immer weiter und versicherte ihr, dass es etwas mit dem Flug oder meiner Müdigkeit zu tun hatte, aber sie sagte, dass ich besser schlafen gehen sollte, und hörte mir erst gar nicht zu.

Als wir nach Hause kamen, ging ich die Treppe hinauf und übergab mich erneut. Gott sei Dank erreichte ich vorher noch die Toilette.

Finley brachte mich ins Bett und ich schlief fast sofort ein.

Was war bloß los mit mir?

KAPITEL FÜNFUNDZWANZIG

Am nächsten Morgen wachte ich auf und konnte mich nicht wirklich daran erinnern, was in der Nacht zuvor passiert war.

Ich ging die Treppe hinunter und fand Finley in der Küche vor, der für uns beide Frühstück zubereitete.

„Guten Morgen, Sonnenschein."

„Sprich jetzt nicht so mit mir, bitte. Was ist letzte Nacht passiert?"

„Du hast dich auf Claudias Party auf den Boden und dann noch einmal in die Toilette übergeben."

„Oh nein! Jetzt fällt es mir wieder ein! Habe ich die Party ruiniert?"

„Nein, mach dir keine Sorgen. Claudia hat gesagt, es ist alles gut und sie hat sich nur Sorgen um dich gemacht. Übrigens, sie kommen heute vorbei, also nur die beiden. Die Kinder sind bei ihren Eltern."

Das Letzte, was ich jetzt brauchte, war, dass sie vorbeikamen. Ich wollte allein sein, weil ich mich krank fühlte, aber ich wusste, dass ich ihnen nicht sagen konnte, dass sie nicht kommen sollten. Denn auch wenn ich es tun würde, würden sie es trotzdem ignorieren. Sie kamen am Nachmittag und wir tranken erst einmal gemeinsam einen Eiskaffee, den sie uns aus Danielas Café mitgebracht hatten.

„Wir waren in der Stadt und dachten, es wäre eine gute Idee, euch nach der letzten Nacht einen Kaffee zu bringen. Ihr saht beide ziemlich müde aus", sagte Gianluca mit einem beruhigenden Lächeln.

„Das ist so süß, danke euch beiden", antwortete ich.

Wir tranken den Eiskaffee in unserem Garten und sprachen ein wenig über unsere Reise nach Costa Rica. Ich kann gar nicht sagen, wie oft Claudia fast in Tränen ausbrach, weil sie sich wünschte, sie könnte auch in den Urlaub fahren. Ganz allein.

„Du bist eine tolle Mutter und ich bin mir sicher, wenn die Jungs erst einmal ein bisschen grösser sind, könnt ihr beide irgendwo hinfahren und wenn es sein muss, werden Finley und ich uns um sie kümmern." Sie lächelte mich an und dankte mir für etwas, das ich noch gar nicht getan hatte. Aber ich lächelte zurück. Und wieder war ich froh, dass ich kein Baby oder generell keine Kinder hatte, ich konnte hingehen, wohin ich wollte. Es war noch nicht allzu lange her, dass ich das Leben, das ich jetzt führte, hasste, aber ich würde es um nichts in der Welt ändern wollen. Die Kinder meiner Freunde waren alle süß, aber ich war eigenartig froh, keine eigenen zu haben.

„Mir wird es hier draußen kalt, können wir bitte reingehen?", fragte mich Claudia, während sie so tat, als ob sie sich schüttelte. Ich nickte nur und wir gingen hinein, weil ich wusste, dass sie ohne Finley oder Gianluca mit mir reden wollte. Sie gehört zu den Menschen, denen nie kalt wird, deshalb wusste ich immer, dass sie über etwas Ernstes reden wollte, wenn sie sagte, dass ihr kalt war. Das Geheimnis daran ist, dass nur sie und ich davon wussten. Nicht einmal Gianluca wusste es.

Wir gingen rein und ich setzte mich auf die Couch, während sie die Tür hinter sich schloss. Und bevor ich den Mund aufmachen konnte, fing sie an zu reden.

„Oh, meine Güte. Warum hast du mir das nicht gesagt? Ich bin deine beste Freundin, Morana!" Ich hatte überhaupt keine Ahnung, wovon sie sprach.

„Was habe ich dir nicht gesagt?"

„Dass du schwanger bist!" Ich hätte mich fast wieder übergeben, aber ich konnte es gerade mal so zurückhalten.

„Erstens: Nur weil ich etwas zugenommen habe, heißt das noch lange nicht, dass ich schwanger bin. Und zweitens, falls du es vergessen hast, ich kann keine Kinder bekommen, du Idiotin!" Was dachte sie sich nur dabei? Nicht, dass ich jetzt Kinder haben wollte, aber trotzdem war es nicht lustig, darüber Witze zu machen. Vor allem, weil es der Grund war, warum ich mich monatelang nicht freuen konnte, während in ihrem Bauch ein Baby wuchs.

„Komm schon. Du weißt doch selbst, dass die Ärzte nicht immer recht haben. Ich meine, du bist eine großartige Ärztin, aber du hast auch nicht immer recht."

„Okay, das war hart. Aber Schatz, meine liebe Claudia. Meine Gebärmutter ist kaputt. Ich habe es gesehen und die Ärzte haben es gesehen. Und ich bin auch eine Ärztin." Ich dachte, dass sie verrückt geworden war. Natürlich haben die Ärzte nicht immer recht. Aber ich habe es mit eigenen Augen gesehen, meine Gebärmutter war kaputt.

„Ich weiß, ich weiß. Aber trotzdem, du übergibst dich ständig, du hast in den letzten Monaten sehr viel zugenommen, und ich lüge nicht, wenn ich sage, dass du normalerweise sehr dünn bist. Und zu guter Letzt, du hast ungeschützten Sex!"

„Claudia, was zum Teufel ..." Und dann holte sie dieses kleine Ding aus ihrer Tasche.

„Hör zu. Wir waren eigentlich nicht in der Stadt, um Kaffee zu holen, sondern um dir einen Schwangerschaftstest zu kaufen. Es wird dir nicht schaden, es zu versuchen, Morana. Aber Gianluca und ich dachten, dass es die beste Möglichkeit wäre Gewissheit zu haben, weil wir beide nämlich denken, dass du es bist."

„Muss ich es dir noch einmal sagen? Ich kann keine Kinder bekommen! Ich werde diesen blöden Test nicht machen."

„Du wirst."

„Werde ich nicht." Sie griff nach meinem Haar und zog daran.

„Wirst du es jetzt tun?" Sie benahm sich einfach nur kindisch. Mein Schädel fing an zu schmerzen, also musste ich Ja sagen. Ich wusste, dass sie mich sonst nicht loslassen würde.

„Du bist krank!"

„Ich weiß, komm jetzt."

Wir gingen nach oben und sie wartete vor mir, während ich in einen Becher pinkelte.

„Könntest du wenigstens wegschauen?"

„Wieso? Als wenn ich dich noch nie nackt gesehen hätte." Ich rollte mit den Augen und als ich fertig war, nahm Claudia meinen Becher und legte den Test hinein.

„Jetzt müssen wir noch drei Minuten warten."

„In Ordnung."

Ich war überhaupt nicht nervös. Im Gegensatz zu Claudia wusste ich bereits, dass ich nicht schwanger war, also war ich völlig entspannt.

„OH MEIN GOTT!" Claudia schrie, während ich Chips aß.

„Was?"

„Die drei Minuten sind vorbei. Kannst du gehen und nachsehen? Bitte! Ich kann das nicht." Es war, als hätte sie den Test gemacht und nicht ich. Also ging ich nach oben ins Bad, um mir den Test anzusehen.

Ich dachte darüber nach, wie dumm es war, überhaupt einen Test zu machen, wenn ich wusste, dass ich nicht schwanger war, also nahm ich ihn aus dem Becher und …

„Was zum Teufel." Ich redete mit mir selbst.

„Nein. Nein. NEIN." Ich schrie jetzt.

„Oh mein Gott!" Ich hörte, wie Claudia die Treppe hinauflief, ja sogar rannte, und dann auf den Teststreifen starrte.

Tränen liefen mir über das Gesicht.

Was war passiert?

Das konnte doch nicht wahr sein. Ich konnte nicht schwanger sein.

„Das kann nicht wahr sein, Claudia."

„Du bist so ungläubig und weil ich schon wusste, dass du mir beim ersten Mal nicht glauben würdest, habe ich zwei Tests gekauft."

Ich machte also noch einen und wartete drei Minuten.

„SCHWANGER!"

„Ich freue mich so für dich!!" Claudia sprang in die Luft und umarmte mich, während ich weinend dastand und mich wieder auf den Boden warf.

Mein Leben war perfekt. Endlich konnte ich mich selbst lieben und eine glückliche und erfolgreiche Frau sein, die nur an sich denkt und Dinge tut, die sie tun will, ich hatte mich damit abgefunden, hatte ich mich damit abgefunden? Ich war glücklich, dass ich mich nicht um Kinder kümmern musste, außer manchmal um die meiner Freunde.

„Ich kann es nicht glauben!", sagte Claudia mit glücklicher Stimme.

„Ich auch nicht", antwortete ich mit einer deprimierten Stimme.

Das war nicht mehr lustig. Ich wollte mich aus dem Fenster stürzen. Mein Leben, meine Gefühle, mein Kopf, es war ein einziges Chaos.

Die einzige Frage, die mir durch den Kopf schwirrte, war, wie Finley reagieren würde. Wir sprachen natürlich über Kinder und er war dafür, aber als ich ihm sagte, dass ich keine haben konnte, meinte er, dass er eigentlich nie Kinder haben wollte.

„Ich habe eine Bitte an dich."

„Okay, kotz es aus", sagte sie, während sie sich darüber lustig machte, dass ich eigentlich die ganze Zeit kotzte.

„Das ist keine Situation, über die man Witze machen sollte, Claudia."

„Okay, beruhige dich. Was ist los?"

„Wage es ja nicht, mit Finley darüber zu reden. Oder irgendjemandem! Hast du mich verstanden?"

„Nicht einmal mit Gianluca?"

„Okay, du kannst es ihm sagen. Aber nur ihm. Nicht einmal Dario."

„Aber Finley muss es doch eines Tages erfahren?"

„Das wird er auch, später."

„Willst du es abtreiben?", fragte sie hysterisch.

„Nein. Ich meine, ich glaube nicht, dass ich das tun werde. Aber ich denke, ich bin diejenige, die Finley davon erzählen will, allein."

„Ich verstehe. Oh mein Gott, ich werde eine Zia!! Ich freue mich so für dich." Ich glaube, sie sah es an meinem Gesichtsausdruck, dass ich mich nicht sehr darüber gefreute.

„Okay. Ich lasse dich jetzt in Ruhe. Lass dir Zeit und wenn du etwas brauchst, findest du mich nebenan." Sie umarmte mich und ging wieder zu den Männern.

„Ach und, Morana?"

„Was?", sagte ich dramatisch.

„Der Kaffee war ohne Koffein. Daniela hat mich natürlich danach gefragt und ich habe ihr vielleicht, nur vielleicht, gesagt, dass er für dich ist." Sie war immer noch die nervigste Person, die es gab.

„Du hast was getan?" Und bevor ich noch etwas sagen konnte, war sie verschwunden und nahm auch gleich Gianluca mit.

KAPITEL SECHSUNDZWANZIG

Nun, da ich doch schwanger war, ohne es zu wollen, dachte ich, dass mein Leben nun offiziell vorbei war.

Ich weiss es noch, als wäre es gestern gewesen, als Claudia und Gianluca nach Hause gingen, nachdem ich den Schwangerschaftstest gemacht hatte. Da war ich mit Finley allein. Ich wusste, dass ich es ihm irgendwie sagen muss, aber in diesem Augenblick konnte ich einfach nicht.

Ich saß auf der Couch und fühlte mich unwohl in meiner Haut, die auf einmal so blass wurde, ich spürte, wie die ganze Bräune, die ich bekommen hatte, verschwand. Finley war dabei, das Geschirr von dem kleinen Teetisch in unserem Garten wieder hineinzubringen, um es abzuspülen.

„Geht's dir gut?", fragte er mich.

„Ja, mir geht es gut." Ich log.

Nachdem er das Geschirr abgewaschen hatte, setzte er sich neben mich auf die Couch und wir sahen uns den Film „Schneewittchen" an. Es ist übrigens sein Lieblingsfilm von Disney. Draußen wurde es immer dunkler, und ich schlief irgendwie ein. Ich schlief sehr tief, bis ich von oben jemanden schreien hörte. Ich dachte, ich träume und dass ein Einbrecher hereingekommen war, aber da lag ich falsch.

„Morana!", hörte ich ihn von oben schreien. Ich sagte erst einmal nichts und tat so, als ob ich noch schliefe, denn wenn es ein Käfer war, vor dem er sich fürchtete, war er es nicht wert, aufzuwachen und die Treppe hinaufzugehen.

„Morana!" Er schrie wieder und wieder. Ich ärgerte mich zwar, ging aber dennoch die Treppe hinauf. Als ich zum Badezimmer kam, wo das Licht brannte, blieb mir das Herz kurz stehen. Wir hatten vergessen, den Test wegzulegen, und jetzt hatte Finley ihn gesehen.

„Ach du meine Güte. NEIN, das solltest du so nicht sehen! Finley, es tut mir so leid. Ich wusste nicht, dass ich schwanger bin, und Claudia hat mir den Test gekauft und ich ...“

Er sagte nichts, sondern kam zu mir, um mich zu umarmen und zu küssen.

Was war das?

Ich dachte, er würde in Panik geraten und traurig darüber sein, aber er schien glücklich zu sein. Ich löste mich aus seiner Umarmung, um ihm ins Gesicht zu schauen und sah, dass er weinte.

„Was?“, fragte ich ihn verwirrt.

„Ich bin so glücklich, mein Schatz. Ich wollte schon immer Vater sein und jetzt bin ich es. Ich bin so glücklich! Aber wie hast du, ich meine, haben wir dieses Mal etwas anders gemacht?“ Jetzt war ich noch verwirrter. Dass Finley sich darüber freuen würde, war das Letzte, was ich von ihm erwartet hätte.

„Ich meine, ich dachte, du wolltest keine Kinder haben? Und außerdem habe ich keine Ahnung, wie das passieren konnte. Im wahrsten Sinne des Wortes. Ich war endlich glücklich mit meinem Leben, und jetzt das?“

„Morana, ich habe es nur gesagt, damit du dich nicht noch schlechter fühlst, als du es ohnehin schon getan hattest. Zu hören, dass wir nie zusammen ein Kind haben würden, wie all unsere Freunde es haben, brach mein Herz in Millionen Stücke. Aber jetzt, wo ich weiß, dass du schwanger bist, fügen sich all die kleinen Scherben wieder zusammen.“

Er sagte das mit einer so ehrfürchtigen Stimme, dass ich anfing zu weinen. Dass er mich wegen der ganzen Sache angelogen hatte, war vielleicht nicht nett gewesen, aber er hat es für mich getan, und er hatte recht, wenn er behauptet, dass ich mich dann noch schlechter gefühlt hätte. Ich umarmte ihn wieder, und jetzt weinten wir beide, es war wegen etwas, von dem ich nie gedacht hätte, dass ich es eines Tages erleben würde. Ich war schwanger.

Du fragst dich jetzt wahrscheinlich, wie das passieren konnte. Ich weiß es immer noch nicht. Aber wir riefen am nächsten

Tag alle unsere Freunde und Daniela an und teilten das frohe Ereignis mit ihnen allen und sie alle freuten sich natürlich mit uns. Als ich Daniela anrief, war sie innerhalb von fünf Minuten bei uns und brachte Kuchen und Süßigkeiten mit. Nach ein paar Stunden wusste das ganze Dorf, in dem ich wohnte, von unserem unverhofften Glück. Ich nahm es Daniela nicht übel, denn ich wusste, dass es ihr größter Wunsch war, dass ich ein Baby bekam.

In den nächsten Monaten hatte ich von allen Unterstützung bekommen, so wie ich es mir nie hätte vorstellen können. Meine Freunde waren die ganze Zeit für mich da und brachten mir Sachen, die ich brauchen könnte. Claudia war die beste werdende Zia, die ich je in meinem Leben gesehen habe. Daniela war mir wie immer die grösste Unterstützung und sie kam zu uns nach Hause, wann immer ich sie anrief. Finley, mein Mann, versuchte sein Bestes, um sich vorzubereiten, Vater zu werden. Er sah sich jeden Tag Babysendungen an und besuchte sogar einen Kurs, in dem er lernte, wie man mit einem Baby am besten umgeht. Ich war sehr stolz auf ihn, weil er das machte.

Ich wechselte das Krankenhaus für die Vorsorge, weil ich mich, wenn ich ehrlich bin, nicht wohl dabei fühlte, dass meine Teamkollegen alle zwei Monate meine Vagina untersuchten. Wir wollten beide das Geschlecht unseres Babys erst erfahren, wenn es geboren war. Finley wünschte sich immer eine Tochter, aber um ehrlich zu sein, ich wollte insgeheim lieber einen Sohn. Nicht, weil mir das Geschlecht wichtig war, sondern weil ich dachte, dass das Leben eines Jungen einfacher ist als das eines Mädchens, und ich wollte nicht, dass mein Baby in irgendeiner Weise leiden musste, wie ich es tat. Und, Moony, ja, ich verliebte mich in das Baby, das ich in mir trug bevor es überhaupt da war. Zuerst hatte ich Angst, es nicht lieben zu können, aber von der Sekunde an, als ich richtig realisierte, konnte ich es kaum erwarten, es endlich kennenzulernen.

Ich fing an, mit meiner Mutter immer öfter über die Schwangerschaft zu sprechen, bis es fast jeden Abend so war. Ich verzieh ihr, dass sie mich leben ließ und nicht an sich dachte, denn jetzt, da ich selbst ein Baby in mir trug, verstand ich es, warum sie wollte, dass ich lebte. Es war nicht so, dass sie wollte, dass ich unter Olivers Macht litt, sie tat es, weil sie mich liebte und wollte, dass ich die Chance auf ein Leben hatte.

„Weißt du, ich kann unser Baby nicht ewig Baby nennen. Du hast gesagt, dass du dir noch keinen Namen ausgesucht hast, aber ich denke, wir könnten so etwas wie einen Spitznamen verwenden?" Finley und ich saßen in unserem Garten, tranken Fruchtsaft, den uns Daniela gebracht hatte, und sahen uns gemeinsam in Ruhe den Mond an. Zu diesem Zeitpunkt war ich bereits im achten Monat schwanger. Er hatte recht, wir konnten das Baby nicht ewig nur Baby nennen.

„Ich denke du hast recht, wir sollten uns einen Spitznamen überlegen", sagte ich.

„Wie wäre es mit etwas, das mit der Natur zu tun hat?", fragte Finley.

„Wie wäre es mit Blümchen?"

„Nee, für mich sieht das nicht so sehr nach einem Blümchen aus." Ich zeigte auf meinen Bauch und daraufhin fing ich an zu lachen.

„Okay, Mrs. Super-Analyse, wie wäre es mit „Sunny"? Wie die Sonne?"

Er sah mich an und blickte dann in den Himmel.

„Ich habe etwas Besseres", sagte er.

„Und was?"

„Nennen wir es Moony! So wie der Mond"

Und von diesem Tag an wurdest du unsere Moony.

KAPITEL SIEBENUNDZWANZIG

Als ich im Krankenhaus lag, nachdem meine Fruchtblase geplatzt war, hatte ich das Gefühl, nicht mehr geradeaus schauen zu können. Ich hatte Angst vor den starken Schmerzen, denn es fühlte sich wirklich schrecklich an. Ich hatte dich übertragen, etwa eine Woche, und ich war mir sicher, dass dies der Tag war, an dem du kommst. Dein Vater tat sein Bestes, um mich zu beruhigen, aber ich wurde nur noch wütender auf ihn.

„Lass uns das Baby einfach aus mir herausholen!", schrie ich, während ich auf dem Krankenhausbett lag. Das klingt vielleicht ein bisschen dramatisch, aber glaub mir, es ist überhaupt nicht dramatisch, was ich dir hier erzähle, es war noch schlimmer.

Als die Krankenschwestern kamen und mir sagten, dass ich bereit für die Geburt sei, war ich überglücklich und vollkommen verängstigt zugleich.

Ja, ich kann die Gefühle, die ich beim Pressen empfunden habe, nicht wirklich in gute oder freundliche Worte fassen, aber ich werde einfach sagen, dass es mehr als schrecklich war, das sollte reichen.

Gott sei Dank hatte ich eine tolle Hebamme und einen superguten und fürsorglichen Ehemann neben mir. Ich drückte seine Hand ein wenig zu fest und dachte, ich hätte sie ihm an diesem Tag gebrochen.

„Sie ist da!", schrie Finley, als die Schwester dich in seine Hände legte.

„Sie?", fragte ich und bekam sofort Tränen in den Augen. Vielleicht wollte ich nie ein Mädchen haben, aber jetzt, wo ich es hatte, war es das beste Gefühl, das ich je hatte.

Die Hebamme nahm dich aus den Armen deines Vaters und übergab dich schließlich mir. Du warst das Schönste, was ich in meinem ganzen Leben sah. Das hübscheste Mädchen, das je die Welt erblickt hat. Ich wollte den Moment einfrieren, als ich dich zum ersten Mal halten durfte. Ich sah dich und wusste irgendwie, dass ich dich bis zu meinem letzten Atemzug lieben werde. Dass ich dich vor allem Bösen auf der Welt beschützen werde, das jemals versuchen wird, dir zu begegnen.

Ich sah zur Hebamme auf und sie sah mich an.

„Sie ist so wunderschön. Wie willst du die Süße nennen?"

Ich erinnere mich, dass ich nicht viel über Namen nachgedacht hatte, aber als ich Finley sah, wie er dich im Arm hielt und die Funken in seinen Augen sprühten, wusste ich sofort, wie ich dich nennen sollte.

„Felicia".

„Felicia? Ich liebe diesen Namen!", rief Finley.

Vielleicht erinnerst du dich daran, was ich dir erzählt habe: Als ich ein Kind war, sprach mein bester Freund Pete von einer Frau namens Felicia. Um genau zu sein, sprach er von ihr, als wäre sie ein Engel, ein Wunder. Und er tat es mit einem Funkeln in seinen Augen. So wie dein Vater dich ansieht und ich dich jeden Tag, jede Minute und jede Sekunde meines Lebens ansehen werde.

Als wir zwei Tage später nach Hause gehen konnten, war mein Herz endlich mit all der Liebe gefüllt, die ich mir nie vorstellen konnte. Du siehst genauso aus wie meine Tante Daniela. Die Frau, die mir das Leben rettete.

Auch wenn ich müde war, weil ich so lange im Krankenhaus war, war ich doch glücklich, als es an unserer Tür klingelte und ich sah, dass all die geliebten Menschen gekommen waren, um dich zu begrüßen.

Mein Herz war erfüllt mit Freude, zu sehen, wie deine verrückten Onkel Gianluca, Franco und Leonardo dich anschauten. Und ich bin mir sicher, dass dein vierter Onkel, Gabriel, dich von dort oben auch ansah und sich dachte, wie hübsch du bist. Deine andere Zia, Claudia, verliebte sich in der ersten Sekunde, in der sie dich sah, in dich.

Deine Cousins und Cousinen, Dario, Julien, Anna und Celia, brabbelten etwas davon, dass du die Coolste von ihnen allen sein wirst.

Meine Tante, die jetzt auch deine Tante ist, Daniela, liebte dich, seit sie von dir hörte.

Und zu guter Letzt, meine Mutter, deine Großmutter. Ich bin mir sicher, dass sie dort oben sitzt und dich beobachtet, dir zusieht und dabei sehr stolz auf uns beide ist.

Den Rest des Tages feierten wir dich mit Kuchen und Säften von Daniela und tanzten im Garten. Irgendwie kamen meine Hormone immer noch hoch und ich musste immer mal wieder weinen. Nicht, weil ich dachte, dass mein Leben jetzt ruiniert ist. Ich dachte daran, wie viele Menschen in deinem Leben dich bedingungslos lieben und für dich da sein werden. Das hast du auch verdient, Moony.

Von jetzt an gibt es also ein Uns. Du und ich, bis an unser Lebensende.

Als Mutter fühlte ich mich manchmal wie eine Heldin. Am Anfang. Ich hatte sicher ein bisschen Angst, wie wir miteinander auskommen würden, nach all den Horrorgeschichten, die mir deine Tanten und Onkel erzählt haben, als sie ein Kleinkind hatten. Aber du hast es uns leichter gemacht, als ich dachte. Du hast nie nachts geweint, du hast viel geschlafen und auch später nie etwas kaputt gemacht. Du warst wie das perfekte erste Kleinkind, das sich Eltern nur wünschen können. Ich will nicht eingebildet klingen, aber ich merke, dass deine Onkel und Tanten ein bisschen eifersüchtig auf dich waren, auf uns. Am Anfang kamen Claudia und Gianluca manchmal rüber, um nachzusehen, ob du noch lebst oder nicht, weil du nachts nie schriest. Okay, es war nicht manchmal, sondern jeden Morgen. Ich fand das süß von ihnen, aber nach einer Weile wurden sie lästig, also nahm dein Vater ihnen die Schlüssel wieder ab, die sie von uns hatten.

„Wir machen uns nur Sorgen um sie!", sagten sie, nachdem sie gemerkt hatten, dass es keine Schlüssel mehr von uns in ihrem Haus gab.

Und Daniela? Sie kam jeden Tag, um dir ihre neuen Säfte zu bringen, bis du alt genug warst, um zu ihrem Haus zu laufen und dir selber welche zu holen.

Was soll ich noch sagen? Du warst das beste Kleinkind überhaupt.

Als Kind? Vielleicht nicht immer so nett zu deinen Eltern, aber das war in Ordnung, denn wir liebten dich über alles.

Ich werde auch weiterhin nicht lügen, deine Teenagerjahre waren die schlimmsten und auch der Grund, warum dein Vater und ich so viele graue Haare auf unseren Köpfen haben. Aber das ist in Ordnung, denn wir liebten dich trotzdem, so wie wir es immer taten. Und ich bin dankbar dafür, dass aus dir so ein tolles Mädchen, oder eigentlich jetzt schon eine Frau, geworden ist. Deine großen braunen Augen, dein haselnussbraunes Haar und die Sommersprossen, die über dein ganzes Gesicht verteilt sind, und deine Güte machen dich zu dem wunderbarsten Menschen, der auf dieser Erde wandelt. Und natürlich war ich dankbar dafür, dass du all die Liebe und Freundlichkeit erhieltst, die du verdienst, denn wenn es jemand tut, dann du.

KAPITEL ACHTUNDZWANZIG

Nun, Moony, da du die Geschichte meines Lebens gehört hast, wünsche ich mir von ganzem Herzen, dass du mich jetzt ein bisschen besser verstehen kannst. Ich wünschte, ich könnte die Zeit zurückdrehen, um dir das alles früher zu erzählen, aber ich war so glücklich mit dir, dass ich nicht wollte, dass du von dem Bösen in der Welt erfährst. Ich wollte nicht, dass du weißt, dass es da draußen so schlechte Menschen gibt, die grausame Dinge tun. Ich wollte dich vor all dem schützen, denn ich machte es bereits durch. Ich wollte nie sehen, dass du dein Lächeln verlierst, denn es war für mich das schönste auf diesem Planeten oder sogar im ganzen Universum.

Jetzt, wo du 19 Jahre alt bist, eine glückliche erwachsene Frau mit Liebe für jeden auf der Welt und einem Herz aus Gold, ist meine Zeit gekommen, mich zu verabschieden.

Letzte Woche war ich beim Arzt, weil ich mich nicht gut fühlte. Als ihr mich gefragt habt, was passiert ist, wollte ich noch nicht antworten. Ich wollte nicht, dass ihr euch Sorgen macht.

Der Arzt sagte mir, dass ich Krebs habe. Leukämie. Wie meine Mutter.

Es ist kein Geheimnis, dass Krebs vererbbar sein kann, aber ich hatte immer gehofft, dass es bei mir nicht der Fall sein würde. Aber jetzt stellte sich herausgestellt, dass es doch so ist.

Als ich wieder nach Hause kam, fragtest du mich, ob alles in Ordnung sei, und ich nickte, weil ich nicht wollte, dass du es weißt. Ich wollte nicht, dass du dir Sorgen machst.

Als ich deinem Vater davon erzählte, brach er zusammen. Ich sah ihn noch nie so traurig, also dachte ich mir, dass ich es dir noch nicht sage darf, damit du nicht auch leidest. Ich erzählte Claudia und den Jungs davon, und es brach ihnen ebenfalls das Herz. Ich möchte nicht einmal über Danielas Reaktion schreiben, als sie es hörte. Um es kurz zu machen, sie hat eine Minute lang aufgehört zu atmen.

Jetzt, während ich dies schreibe, teilten mir die Ärzte mit, dass ich wahrscheinlich nur noch fünf Monate zu leben habe.

Der eigentliche Grund, warum ich das alles schrieb, ist, dass ich es mir auch von meiner Mutter gewünscht hätte.

Sie schrieb mir nie etwas, noch hinterließ sie mir irgendwelche Bilder. Ich kannte ihre Vergangenheit nie und werde sie auch nie kennenlernen.

Als ich dich das erste Mal in den Händen hielt, versprach ich dir, dich nie allein zu lassen und dich dein ganzes Leben lang zu begleiten. Ich sagte es aus Liebe und deshalb fällt es mir jetzt umso schwerer, weil ich mein Versprechen nicht halten kann. Es ist nicht leicht für mich. Das war es nie. Also möchte ich, dass es für dich einfacher wird, wenn ich nicht mehr bin. Du hast es verdient.

Also, Moony, ich möchte, dass du weißt, dass du nie allein sein wirst, wenn der Tag kommt, an dem ich dich verlassen muss. Du hast deinen Dad, der dich bedingungslos liebt. Er ist der beste Dad, den es gibt. Der, den sich jede Tochter wünscht.

Du hast deine Zia Claudia und deine Onkel, deine Cousinen und Cousins, denen du lieber nicht immer zuhören sollten. Sie haben eine Menge dummes Zeug im Kopf. Du wirst meine Tante haben, von der du mir schon gesagt hast, dass sie die beste ist, und die, wenn du etwas brauchst, immer für dich da ist. Du hast einen Freund, von dem ich weiß, dass er dich liebt, so wie dein Vater mich liebt, und nicht zu vergessen deinen tollen besten Freund, der genauso verrückt ist wie Claudia.

Du wirst geliebt, meine Moony. Das warst du immer und wirst du immer sein.

Jetzt werde ich das Buch irgendwo in dein Zimmer legen. Ich bin sicher, du wirst es finden, wenn die Zeit reif ist, ich werde mich darum kümmern.

Das Letzte, was du wissen sollst, ist, dass ich in dieser Welt vielleicht nicht mehr da bin, aber in deinem Herzen werde ich nie weg sein.

Du kennst jetzt also mein Vorher, mein Während und mein Nachher. Und wenn du nicht weißt, wo ich nach dir bin, möch-

te ich, dass du in den Himmel schaust und den Mond beob-
achtest. Dort bin ich nach dir, denn du warst meine Moony,
mein Licht in der Dunkelheit.

In Liebe,
deine Mama.

EPILOG

Liebe Mama,

ich habe es nun gelesen.

Es ist jetzt sechs Monate her, dass du im Himmel bist, neben all den Sternen. So wie der Mond.

Ich fühle mich schlecht, weil ich manchmal nicht erkannte, wie viel Liebe ich von all den Menschen in meinem Leben bekam. Ich fühle mich schlecht wegen dem, was mit dir passiert ist, und vor allem fühle ich mich schlecht, weil ich dich nicht immer verstand. Aber das tue ich jetzt. Ich verspreche dir, dass ich es tue.

Ich wünschte, ich hätte dich vor all dem schützen können, so wie du mich vor all den schlimmen Dingen immer geschützt hast.

Als du mir von deinem Krebs erzählt hast, ist für mich eine Welt zusammengebrochen. Aber anstatt dich zum Opfer zu machen, hast du das Beste für uns getan, damit wir die letzten Monate gemeinsam verbringen konnten. Du hast alles für mich getan. Ich werde dir nie genug dafür danken können.

Du warst und bist die beste Mutter, die es je gegeben hat. Du hast immer von den Helden in deinem Leben gesprochen, aber du hast nie erkannt, dass du die ganze Zeit die einzig wahre Heldin warst. Ich wünschte, ich hätte noch fünf Minuten Zeit, um dir zu sagen, dass es mir gut gehen wird und dass ich dich unendlich liebe. Ich hätte es nicht geschafft, wenn du nicht da gewesen wärst und meine Hand gehalten hättest.

Ich verspreche dir, alle um mich herum so zu lieben, wie du es getan hast. Ich verspreche dir, dass ich genauso stark sein werde, wie du es warst.

Wie du es mir gesagt hast, werde ich von nun an jede Nacht den Mond beobachten und an dich denken.

Ich vermisse dich sehr.

Das tun wir alle.

Deine Moony

Die Autorin

Diana Sola wurde 2006 in der Schweiz geboren.
Heute lebt sie mit ihrer Familie in Zürich, wo sie
sich zur Kauffrau ausbilden lässt. Schon in ganz
jungen Jahren entdeckte sie ihre Liebe zum Lesen
und Schreiben, davon abgesehen betreibt sie in
ihrer Freizeit viel Sport, hört gerne Musik und
nimmt die Zukunft, wie sie kommt. „Vor, während
und nach dir" ist ihr erster veröffentlichter Roman.